GIORGIO AGAMBEN

Ideia da prosa

IDEA DELL'OPERA

Anonimo tedesco. *Amore forsennato sulla lumaca.*

FILŌAGAMBEN   **autêntica**

GIORGIO AGAMBEN

Ideia da prosa

2ª reimpressão

TRADUÇÃO, PREFÁCIO E NOTAS
João Barrento

Copyright © 1985 e 2002 Giorgio Agamben.
Copyright desta edição © 2012 Autêntica Editora

TÍTULO ORIGINAL: *Idea della Prosa*

Originalmente publicado pela Giangiacomo Feltrinelli Editore, Milão, 1985; reimpresso por Quodlibet, Roma, 2002.
Este título foi negociado através da Ute Körnet Literary Agent, S.L., Barcelona - www.uklitag.com, Agnese Incisa Agenzia Letteraria, Torino.

Todos os direitos reservados pela Autêntica Editora. Nenhuma parte desta publicação poderá ser reproduzida, seja por meios mecânicos, eletrônicos, seja via cópia xerográfica, sem a autorização prévia da Editora.

COORDENADOR DA COLEÇÃO FILÔ
Gilson Iannini

COORDENADOR DA SÉRIE FILÔ/AGAMBEN
Cláudio Oliveira

CONSELHO EDITORIAL
Gilson Iannini (UFOP); *Barbara Cassin* (Paris); *Carla Rodrigues* (UFRJ); *Cláudio Oliveira* (UFF); *Danilo Marcondes* (PUC-Rio); *Ernani Chaves* (UFPA); *Guilherme Castelo Branco* (UFRJ); *João Carlos Salles* (UFBA); *Monique David-Ménard* (Paris); *Olímpio Pimenta* (UFOP); *Pedro Süssekind* (UFF); *Rogério Lopes* (UFMG); *Rodrigo Duarte* (UFMG); *Romero Alves Freitas* (UFOP); *Slavoj Žižek* (Liubliana); *Vladimir Safatle* (USP)

EDITORA RESPONSÁVEL
Rejane Dias

EDITORA ASSISTENTE
Cecília Matins

REVISÃO
Dila Bragança de Mendonça
Aline Sobreira

CAPA
Alberto Bittencourt
(Sobre foto de Ulf Andersen / Getty Images)

PROJETO GRÁFICO DE CAPA E MIOLO
Diogo Droschi

EDITORAÇÃO ELETRÔNICA
Conrado Esteves

Dados Internacionais de Catalogação na Publicação (CIP)
(Câmara Brasileira do Livro, SP, Brasil)

Agamben, Giorgio
 Ideia da prosa / Giorgio Agamben ; tradução, prefácio e notas de João Barrento. – 1. ed. – 2. reimp. – Belo Horizonte : Autêntica Editora, 2016. – (FILÔ/Agamben ; 3)

 Título original: Ideia della prosa.
 Bibliografia
 ISBN 978-85-65381-36-9

 1. Ensaios 2. Filosofia italiana I. Barrento, João. II. Título. III. Série.

12-10598   CDD-195

Índices para catálogo sistemático:
1. Filosofia italiana 195

 GRUPO **AUTÊNTICA**

Belo Horizonte
Rua Carlos Turner, 420
Silveira . 31140-520
Belo Horizonte . MG
Tel.: (55 31) 3465-4500

Rio de Janeiro
Rua Debret, 23, sala 401
Centro . 20030-080
Rio de Janeiro . RJ
Tel.: (55 21) 3179 1975

São Paulo
Av. Paulista, 2.073,
Conjunto Nacional, Horsa I
23º andar . Conj. 2301 .
Cerqueira César . 01311-940
São Paulo . SP
Tel.: (55 11) 3034 4468

www.grupoautentica.com.br

A
José Bergamín
in memoriam

*Yes tanto su desvelo que, al velarlo
de sueño sin sentido,
siente que por debajo de ese sueño
nunca despertará del sueño mismo.*

11. **Prefácio**
    João Barreto

19. **Limiar**

I
27. **Ideia da matéria**
29. **Ideia da prosa**
33. **Ideia da cesura**
37. **Ideia da vocação**
39. **Ideia do Único**
42. **Ideia do ditado**
45. **Ideia da verdade**
49. **Ideia da musa**
51. **Ideia do amor**
52. **Ideia do estudo**
56. **Ideia do imemorial**

II
61. **Ideia do poder**
64. **Ideia do comunismo**
68. **Ideia da política**
71. **Ideia da justiça**
73. **Ideia da paz**
76. **Ideia da vergonha**

- 80. Ideia da época
- 83. Ideia da música
- 88. Ideia da felicidade
- 89. Ideia da infância
- 94. Ideia do juízo final

III

- 99. Ideia do pensamento
- 102. Ideia do nome
- 105. Ideia do enigma
- 110. Ideia do silêncio
- 112. Ideia da linguagem I
- 113. Ideia da linguagem II
- 117. Ideia da luz
- 118. Ideia da aparência
- 121. Ideia da glória
- 126. Ideia da morte
- 127. Ideia do despertar

Limiar
- 134. Defesa de Kafka contra os seus intérpretes

- 137. Coleção FILÔ
- 139. Série FILÔ Agamben

Prefácio

Ideia da prosa traz no próprio título o seu programa: uma indistinção de fundo entre uma ideia da linguagem uma ideia da Ideia, ou do pensar. Importa, por isso, começar por perguntar que escrita é esta. Porque escrita (*écriture*) é o que estes textos são, não literatura nem filosofia convencional. A questão sobre a forma da escrita é desde logo essencial, porque ela é indissociável do que se diz, e mais ainda do que, nestes ensaios-fragmentos, é da ordem do não dito. Aspecto central da nossa relação com o texto de Agamben é também a percepção da natureza herética de uma linguagem filosófica que, na linha do postulado wittgensteiniano da unidade de ética e estética, se move na esfera de uma consciência da precariedade sobre a qual se funda toda a observação que tem ainda algo do "espanto" antigo frente ao mundo e deixa transparecer a consciência dos limites da linguagem que funda a distinção entre nome e discurso (cf. "Ideia do nome").

Que escrita é esta então? A do fragmento? A do ensaio? Provavelmente algo entre as duas, inclassificável: a do *Essai-Échec* (a expressão é de Henri Michaux), a de um jardim de muitos canteiros em que se semeiam ideias esperando que daí nasça alguma coisa (como o *Ideen-Paradies* de Novalis), uma forma de prosa reflexiva-narrativa-poética que nasceu para a modernidade, depois dos românticos, com os *petits poèmes en prose*, de Baudelaire, e ganhou plena maturidade com os *Denkbilder* (imagens do pensamento), de Walter Benjamin. De permeio está a prosa filosófica, também heterodoxa e inconfundível, de Nietzsche ou de Kierkegaard. Em Walter Benjamin foi Giorgio Agamben, aliás, buscar o próprio título deste livro. Esse título vem, de fato, de uma das inúmeras anotações que constituem o aparato crítico das teses *Sobre o conceito da História*. Num desses fragmentos de Benjamim (o "B 14" da edição crítica alemã),[1] a "ideia da prosa" equivale a uma utopia de linguagem (que é também aquela que subjaz, como reverso inalienável de uma utopia do pensar, à escrita filosófica de Agamben), associada por Benjamin à transparência absoluta e ideal de uma língua pura, adâmica e universal, e despida do *pathos* solene da poesia, que seria a do mundo messiânico da revelação. Transcrevo todo o fragmento, para melhor compreensão do próprio lugar da linguagem na filosofia de Benjamin e de Agamben: "O mundo messiânico é o mundo da atualidade plena e integral. Só nele existe uma história universal. Aquilo que hoje assim se designa não pode ser mais que uma espécie de esperanto. Nada lhe pode corresponder antes de ser eliminada a confusão instituída com a construção da Torre de Babel. Esse mundo pressupõe aquela língua para a qual terão de ser traduzidos, sem reduções, todos os textos das línguas vivas e mortas. Ou melhor, ele próprio é essa língua. Mas não como língua

---

[1] Ver página 185 da edição brasileira de *O anjo da história* (Organização e tradução de João Barrento. Belo Horizonte: Autêntica Editora, 2012).

escrita; antes, como língua festivamente experienciada. Esta festa foi expurgada de toda a solenidade, não conhece cânticos celebratórios. A sua língua é a própria ideia da prosa que todos os homens entendem, do mesmo modo que a linguagem dos pássaros é entendida por aqueles a quem a sorte bafejou".

Os textos de *Ideia da prosa* leem-se como "histórias de almanaque" filosóficas, algumas delas, na sua brevidade, como "contos morais" escritos a contrapelo da conceptualidade filosófica dominante e das grandes teorias (da interpretação, do conhecimento, da linguagem): atravessa-as uma vontade hermenêutica subversiva e inconclusiva, um pudor do definitivo comparável àquele temor da conclusão, mísera e moral, e ao prazer dos inícios e reinícios de que fala Barthes em *Roland Barthes par Roland Barthes*. Os blocos de pensamento que daí emergem como ilhas flutuantes, num processo contínuo de tensão-expansão, produzem o efeito final de um "contínuo como um murmúrio", como dos seus próprios fragmentos diz Michaux em *Émergences-Résurgences*. De fato, o conjunto desse mosaico de ideias atua como o baixo contínuo musical, ou como uma fuga: entre abertura e fecho (os "Limiares" de *Ideia da Prosa*), ouvem-se sequências de temas e variações, entrecortadas por nós mais densos que funcionam como *stretto*.

Por seu lado, cada peça isolada é um sistema intensivo (era assim também que Barthes entendia o ensaio) construído a partir de uma – muito romântica – excitação da ideia que se oculta atrás de véus (cf. "Os discípulos de Saïs", de Novalis) e que só é transmissível na exaltação da forma breve, e segundo princípios que parecem agora ser os do dodecafonismo atonal, tal como Adorno os descreve no ensaio sobre a filosofia da música nova: a infração das regras (do pensamento sistemático) leva a contrair espacialmente as formas, a extrema expressividade exige uma particular brevidade. Cada "imagem do pensamento", cada fragmento da Ideia, que se vai expandindo, dentro de limites autoimpostos, numa alternância entre o paradoxo e a tautologia, em direção a um final que é quase sempre uma *revelatio*, uma frase última que constitui o último momento de uma ontologia aberta da constatação, tem a forma da alegoria benjaminiana. E isso quer dizer: na fragmentação do dito (que nega) alude à possibilidade de uma totalidade do/no não dito. É ainda a tensão dialética entre a consciência do precário e a vontade de interpretação e de sentido que alimenta a busca da "Ideia" (mais no sentido de Goethe e Benjamin do que no platônico) e o interesse de conhecimento subjacente a cada fragmento. Interesse de conhecimento que, servindo-se da linguagem como instrumento intuitivo-associativo, não pode deixar de resultar numa epistemologia mais poética que conceptual, e que, como ainda em Novalis, não passa, na sua função propedêutica e heurística, de uma antecâmara (*Vorstufe*) do conhecimento, de um "paraíso das Ideias" que também o poeta-filósofo romântico preferia à ordem definitiva de um edifício conceptual abstrato. O espírito da alegoria que informa as "imagens do pensamento" em Agamben (e já sustentava a escrita filosófico-poética de Nietzsche depois de *Morgenröte/Aurora*, ou a preferência musical e literária pela pequena forma a que Kundera, em *Os testamentos traídos*, numa fórmula certeira, chama "a estratégia de Chopin") é definido por Benjamin no final de *Origem do drama trágico alemão* em termos que acentuam a sua natureza radicalmente fragmentária e decisivamente *poética*, isto é, "bela" (não fora a presença, em Agamben e Walter Benjamin, de uma noção de verdade sempre diferida e em construção, e estaríamos de regresso ao *Banquete*, de Platão, e à unidade, aí proclamada, do Belo e do Verdadeiro). "No espírito da alegoria", escreve Benjamin, "ele [o drama barroco] é concebido desde o início como ruína, como fragmento. Quando outros resplandecem, grandiosos como no dia primeiro [a citação escondida do 'Prólogo no Céu' do *Fausto*, de Goethe, identifica aqui, na expressão 'grandiosos como no dia primeiro', um desses 'outros'!], esta forma associa ao último a imagem do Belo". Todo acontecimento hermenêutico é, assim, uma ocupação com as ruínas (do sentido) e os seus enigmas, que são os enigmas da verdade. Da verdade última e transcendente do Nome, do "Quem?" na abertura do Zohar (cf. "Ideia da verdade"), e da verdade do absurdo impenetrável das existências que, numa obra como a de Kafka, antecipa ou transfere para cada dia das suas personagens o Juízo Final (o derradeiro Juízo Final será aquele em que o lugar último da verdade, Deus – ou a Linguagem –, num último gesto absurdo ou num último assomo da lucidez (e) da verdade, a si próprio se julga nesse tribunal: cf. "Ideia do juízo final"). Uma e outra dessas verdades são grandes enigmas, talvez os únicos que restam ao homem moderno. Mas a verdade é que o enigma, como lembra Agamben, não contém qualquer verdade, mas tão somente a sua aparência: "Que o enigma não seja, que o próprio enigma não consiga captar o ser, a um tempo perfeitamente manifesto e absolutamente indizível: esse é agora o verdadeiro enigma, perante o qual a razão humana para, petrificada" (cf. "Ideia do enigma"). A busca da verdade pelo filósofo através de textos em si mesmos enigmáticos não é, assim, mais que a busca, consciente, de cintilações (representações efêmeras) da verdade num movimento que encena e deixa à vista – no texto, na obra – um movimento pendular entre envolvimento e distanciamento: "é importante que a representação pare um instante antes da verdade; por isso, só é verdadeira a representação que representa também a distância que a separa da verdade" ("Ideia do enigma").

O caminho seguido em *Ideia da prosa* parece ter sido este: cada fragmento é movido pela consciência do trabalho vão do querer dizer/definir e aceita o desafio do Nome – nomeia, enigmaticamente, um objeto para lhe perseguir a Ideia. Como o oráculo, dá por vezes apenas estilhaços de uma Ideia, fecha-se sobre certo hermetismo, constrói-se segundo a lei da metonímia, valoriza os impulsos indutivos, cultiva o poliperspectivismo, tem uma lógica interna própria, pressupõe que os silêncios contêm potencialidades comunicativas. Com isso, gera uma relação particular com o leitor: ambos, quem escreve e quem lê, se transformam em "anotadores" (a forma serviria ainda melhor a um outro autor-leitor de "notas" filosóficas e literárias, o triestino Roberto Bazlen, cuja obra principal se reduz a um aglomerado de *Note senza texto/Notas sem texto*). Ou poderão ser vistos como "vedores" do Ser que, de varinha hermenêutica na mão, vão sondando e descobrindo veios de água da existência. Num pequeno livro a vários títulos fascinantes –*Palingenese del frammento/Palingênese do fragmento* (Roma, 1995) –, Antonio Castronuovo resume essa relação autor-leitor: "A expressão fragmentária permite, em suma, não renunciar a uma relação com a experiência, e nisso a situação do anotador aproxima-se da do leitor: mais do que *escrever*, ele *lê* o mundo".

Na sua leitura das coisas, das Ideias e dos afetos que gerem a existência humana, Giorgio Agamben parece também identificar-se – mas não totalmente – com aquele filósofo que um dia "chegou à conclusão de que a única forma legítima de escrita seria aquela que imunizasse sempre os leitores contra a ilusão de verdade que podia suscitar".

Tal filósofo terá de se situar fora de qualquer *doxa*, numa atitude de abertura e suspensão em relação aos problemas que coloca. É por isso que as formas de linguagem que melhor lhe servem são aquelas "formas simples" dos pequenos tratados (como os de um autor afim de Agamben no espaço francês, o Pascal Quignard dos *Petits traités*), dos "idílios", no sentido etimológico do termo ("pequena ideia") – o apólogo, a fábula, a lenda –, "que até o Sócrates moribundo não tinha desdenhado, e que parecem sugerir ao leitor que não as leve muito a sério" ("Ideia do enigma").

Mas a *Apologia de Sócrates*, sabemo-lo, ressuma de ironia. Também nós temos de levar a sério a filosofia dos indícios, da fábula, do *exemplum*, de Giorgio Agamben neste livro (como levamos a sério as *Mitologias*, de Barthes, para entender melhor um certo tempo), se quisermos aproximar-nos, ainda que apenas tateantemente, sem qualquer pretensão de os "resolver", de alguns dos "problemas vitais", não de hoje, mas de sempre: aquelas questões, da filosofia e da existência, para as quais estes pequenos tratados nos despertam, e que constituem o essencial daquilo que, já para Platão, não pode ser esquecido. E que instrumento mais adequado para uma apreensão do que não se pode e não se deve esquecer do que a "medida mais breve", a forma mínima que, armando o cerco às coisas, fazendo refulgir a Ideia, tornando visível a força da palavra em ação nos interstícios do silêncio, acede à Ideia da linguagem e aspira a iludir a Morte?

28 de agosto de 1999
João Barrento

Limiar

No ano 529 da nossa era, o imperador Justiniano, instigado por fanáticos conselheiros do partido anti-helênico, decretou através de um édito o encerramento da escola filosófica de Atenas. Coube, assim, a Damáscio,[2] o escolarca responsável, ser o último diádoco da filosofia pagã. Ele tinha tentado, por meio de funcionários da corte que lhe ofereceram os seus préstimos, evitar o acontecimento, mas conseguiu apenas que lhe concedessem, para compensar a confiscação dos seus bens e os rendimentos da escola, o salário de superintendente de uma biblioteca de província. Ora, temendo possíveis perseguições, o escolarca e seis dos seus mais próximos colaboradores carregaram um carro com livros e instrumentos, e procuraram refúgio na corte do rei dos persas, Khosrô Anocharvan. Os bárbaros tinham salvado aquela puríssima tradição helênica que os gregos – ou

---

[2] *Damáscio*: filósofo neoplatônico, nascido em Damasco cerca do ano 470. Propõe um misticismo dialético, dissolvendo a metafísica neoplatônica numa simbologia que acentua a distância entre o Uno e o Múltiplo.

antes, os "romanos", como agora se chamavam – já não eram dignos de guardar.

O diádoco já não era novo, e já iam longe os tempos em que julgara poder ocupar-se de histórias maravilhosas e de aparições de espíritos; em Ctesifonte, depois dos primeiros meses de vida de corte, deixou aos seus discípulos Prisciano e Simplício a incumbência de satisfazer, com comentários e edições críticas, a curiosidade filosófica do soberano. Fechou-se na sua casa da parte norte da cidade, em companhia de um escriba grego e de uma criada síria, e decidiu consagrar os últimos anos de vida à redação de uma obra que intitularia *Aporias e soluções em torno dos princípios primeiros*.

Sabia perfeitamente que a questão que pretendia abordar não era uma questão filosófica entre outras. Não havia escrito o próprio Platão, numa carta que até os cristãos consideravam importante (sem, no fundo, a entenderem), que precisamente a interrogação sobre a Coisa primeira é a causa de todos os males? Mas tinha acrescentado que o sofrimento que aquela interrogação causa na alma é como a dor do parto: enquanto não se libertar dela, a alma não poderá encontrar a verdade. Por essa razão, sem hesitar, já ao selar a obra, o velho diádoco formulou com clareza o tema: "Aquilo a que chamamos princípio único e supremo do Todo está para além do Todo, ou uma determinada parte do Todo, por exemplo, o ponto culminante das coisas que daí derivam? Devemos nós dizer, por outro lado, que o Todo está no princípio, ou que vem depois dele e é procedente dele? Pois, a admitir-se esta alternativa, terá de admitir-se que algo está fora do Todo – e como seria isso possível? Aquilo a que não falta nada é, de fato, o Todo absoluto; mas falta o princípio e, portanto, aquilo que vem depois do princípio e está fora dele não é o Todo absoluto".

Diz a tradição que Damáscio trabalhou na sua obra durante trezentos dias e outras tantas noites, ou seja, durante todo o período do seu exílio em Ctesifonte. Por vezes interrompia o trabalho durante dias e semanas e, nesses momentos, percebia, como através de uma parede de névoa, a vanidade da sua empresa. O texto que hoje podemos ler está semeado de frases como "apesar da nossa demorada investigação, não chegamos, ao que me parece, a conclusões nenhumas". Ou então: "que tudo o que acabamos de escrever tenha o destino que a Deus aprouver!" Ou ainda: "Na minha exposição há apenas uma coisa louvável: o ela se condenar a si mesma, ao reconhecer que não vê claro, que é incapaz de olhar para a luz". Mas depois retomava infalivelmente o trabalho, até a suspensão seguinte, até a inevitável nova crise. Pois, como pode o pensamento colocar a questão sobre o princípio do pensamento? Como se pode, por outras palavras, compreender o incompreensível? É claro que aquilo que aqui é posto em questão não pode ser tematizado nem sequer como incompreensível, não pode ser expresso nem sequer como inexprimível. "É de tal modo incognoscível que nem sequer tem por natureza o incognoscível, e não é dizendo-o incognoscível que podemos criar a ilusão de conhecê-lo, porque não sabemos sequer se é incognoscível." Por isso, o discípulo de Siriano, que tinha sido também mestre do seu primeiro mestre, Marino, e que muitos consideravam insuperável, escreveu uma vez que, como ele não tem nome, nós podemos pensá-lo através do espírito áspero que colocamos sobre a vogal da palavra ἕν. Mas tratava-se, evidentemente, de uma sutileza indigna de um filósofo, no limite da charlatanice. Não era desse modo, com um sinal ilegível ou com um sopro, que ele poderia expor, nas suas *Aporias*, o impensável que está para além do sopro e do acento que se pode escrever. Foi assim que uma noite, enquanto escrevia, lhe veio subitamente à ideia a imagem que – assim lhe pareceu – o havia de guiar até a conclusão da obra. Não era, porém, uma imagem, mas qualquer coisa como o lugar totalmente vazio no qual apenas as imagens, um sopro, a palavra, poderiam eventualmente acontecer; não era, assim, nem sequer um lugar, mas, por assim dizer, o lugar do lugar, uma superfície, uma área absolutamente lisa e plana, na qual nenhum ponto se podia distinguir de outro. Pensou na eira de pedra branca da fazenda onde nascera, às portas de Damasco, e onde à tarde os camponeses malhavam o trigo para separar o grão da palha. Não era aquilo que buscava como a eira, ela própria impensável e indizível, sobre a qual os crivos do pensamento e da linguagem separavam o grão e a palha de todo o ser?

Aquela imagem agradava-lhe, e, seguindo-a, veio-lhe aos lábios uma palavra inaudita, que ligava o termo que significa eira ou área com aquele outro com o qual os astrônomos designam a superfície da Lua ou do Sol: ἅλως. Não, não era má solução para aquilo que queria dizer. Devia ater-se a ela e não lhe acrescentar nada. "É certo", escreveu, "que do absolutamente inefável não podemos nem mesmo afirmar que é inefável, e do Uno teremos de dizer que se furta a qualquer composição de nome e discurso, como também a toda distinção, tal a do cognoscível e do cognoscente. Temos de concebê-lo como uma espécie de halo plano e liso no qual nenhum ponto se pode distinguir do outro, como a coisa mais simples englobante: não apenas o Uno, mas o Todo-Uno, e Uno antes de Tudo, e não o Uno de um Todo..."

Damáscio levantou por um instante a mão e olhou a tabuinha sobre a qual ia anotando o curso dos seus pensamentos. De repente, lembrou-se da passagem do livro sobre a alma em que o filósofo compara o intelecto em potência a uma tabuinha sobre a qual não está escrito nada. Como ele não pensou nisso antes? Era isso que, dia após dia, tentara apreender, era isso que, sem descanso, tinha perseguido no breve lampejo daquele halo indiscernível, cegante. O limite último que o pensamento pode atingir não é um ser, não é um lugar ou uma coisa, mesmo despojados de qualquer qualidade, mas a própria potência absoluta, a pura potência da própria representação: a tabuinha para escrever! Aquilo que até aí julgara pensar como o Uno, como o absolutamente Outro do pensamento, era, pelo contrário, apenas a matéria, apenas a potência do pensamento. E todo o longo volume que a mão do escriba tinha enchido de letras não era mais que a tentativa de representar aquela tábua perfeitamente rasa sobre a qual ainda se não escreveu nada. Por isso não conseguia levar a bom termo a obra: aquilo que não podia cessar de se escrever era a imagem daquilo que nunca cessava de não se escrever. No uno espelhava-se o outro, inatingível. Mas tudo era finalmente claro: agora podia quebrar a tabuinha, cessar de escrever. Ou, antes, começar verdadeiramente. Julgava agora compreender o sentido da máxima segundo a qual conhecendo a incognoscibilidade do outro, conhecemos não alguma coisa dele, mas alguma coisa de nós. Aquilo que nunca poderá ser primeiro permitia-lhe perceber, difusamente, o vislumbre de um início.

I

Ideia da matéria

A experiência decisiva que, para quem a tenha feito, se diz ser tão difícil de contar, nem chega a ser uma experiência. Não é mais que o ponto no qual tocamos os limites da linguagem. Mas aquilo que então tocamos não é, obviamente, uma coisa, de tal modo nova e portentosa que, para descrevê-la, nos faltam as palavras: é antes matéria, no sentido em que falamos de "matéria da Bretanha" ou "entrar na matéria", ou ainda "índice de matérias". Aquele que, nesse sentido, toca a sua matéria, encontra facilmente as palavras para dizê-lo. Onde acaba a linguagem, começa não o indizível, mas a matéria da palavra. Quem nunca alcançou, como num sonho, essa substância lenhosa da língua, a que os antigos chamavam *silva* (floresta), ainda que se cale, está prisioneiro das representações.

É como o caso daqueles que regressaram à vida depois de uma morte aparente: na verdade, de modo nenhum morreram (senão não teriam regressado), nem se libertaram da necessidade de ter de morrer um dia; libertaram-se, isso sim, da representação da morte. Por isso, interrogados sobre aquilo que lhes aconteceu, não têm nada a dizer sobre a morte, mas encontraram matéria para muitas histórias e para muitas belas fábulas sobre a sua vida.

Ideia da prosa

É um fato sobre o qual nunca se refletirá o suficiente que nenhuma definição do verso é perfeitamente satisfatória, exceto aquela que assegura a sua identidade em relação à prosa através da possibilidade do *enjambement*. Nem a quantidade, nem o ritmo, nem o número de sílabas – todos eles elementos que podem também ocorrer na prosa – fornecem, deste ponto de vista, uma distinção suficiente: mas é, sem mais, poesia aquele discurso em que é possível opor um limite métrico a um limite sintático (todo verso em que o *enjambement* não está efetivamente presente será então um verso com *enjambement* zero), e prosa aquele discurso no qual isso não é possível.

Há poetas – Petrarca é seu arquétipo – nos quais o *enjambement* zero é a regra, e outros – e Caproni[3] encontra-se entre eles – nos quais o grau marcado tende, pelo contrário, a prevalecer. Na fase tardia de Caproni, porém, essa tendência vai até os limites do inverossímil: aí, o *enjambement*

---

[3] *Caproni*: Giorgio Caproni (1912-), escritor e poeta italiano, cuja obra se desenvolve entre as temáticas quotidianas e o hermetismo.

devora o verso, que se reduz apenas àqueles elementos que permitem atestar a sua presença – portanto, ao seu núcleo específico diferencial, admitindo que o *enjambement* individualiza, no sentido referido, o traço distintivo do discurso poético. Citemos um poema recentíssimo:

>........A porta
>   branca...
>
>A porta
>   que, da transparência, leva
>   à opacidade...
>
>   A porta
>   condenada...

A tradicional consistência métrica do verso é aqui drasticamente reduzida, e as reticências, tão características da fase tardia de Caproni, assinalam precisamente a impossibilidade de desenvolver o tema prosódico para lá do seu núcleo constitutivo (que – observação nada trivial, ainda que, depois do que foi dito, não surpreendente – está não no princípio, mas *no fim*, no lugar da *versura*[4]), um pouco como, no adágio do quinteto op. 163, de Schubert, do qual Caproni aproveitou a lição, o pizzicato marca todas as vezes a impossibilidade, para as cordas, de executar até o fim uma frase melódica. Não é por isso que a poesia deixa de o ser: uma vez mais, o *enjambement*, diferentemente do

---

[4] *Versura*: termo latino que designa o lugar em que o arado dá a volta no fim do campo. Existe um paralelismo com alguns sistemas de escrita antigos, nos quais as linhas correm alternadamente da esquerda para a direita e da direita para a esquerda, como acontecia na escrita grega antiga, na hitita ou também na escrita rúnica. Esse tipo de escrita é geralmente designado de escrita bustrofédica (do grego *bustrophedon*: o modo de virar os bois).

branco de Mallarmé, que integra a prosa no domínio da poesia, é condição necessária e suficiente da versificação.

O que há então nele de tão particular, para que lhe seja conferido tal poder na condução do metro do poema? O *enjambement* exibe uma não coincidência e uma desconexão entre o elemento métrico e o elemento sintático, entre o ritmo sonoro e o sentido, como se, contrariamente a um preconceito muito generalizado, que vê nela o lugar de um encontro, de uma perfeita consonância entre som e sentido, a poesia vivesse, pelo contrário, apenas da sua íntima discórdia. O verso, no próprio ato com o qual, quebrando um nexo sintático, afirma a sua própria identidade, é, no entanto, irresistivelmente atraído para lançar a ponte para o verso seguinte, para atingir aquilo que rejeitou fora de si: esboça uma figura de prosa, mas com um gesto que atesta a sua versatilidade. Nesse mergulho de cabeça sobre o abismo do sentido, a unidade puramente sonora do verso transgride, com a sua medida, também a sua identidade.

O *enjambement* traz, assim, à luz o andamento originário, nem poético, nem prosaico, mas, por assim dizer, bustrofédico da poesia, o essencial hibridismo de todo discurso humano. O testemunho precoce do *prosimetron*[5] nos *Gatha*[6] do Avesta ou na *satura*[7] latina confirma o caráter não episódico da proposta da *Vita Nuova* no dealbar da idade moderna. A *versura*, que, embora não referenciada nos tratados de métrica, constitui o cerne do verso (e cuja manifestação é o *enjambement*), é um gesto ambíguo que

---

[5] *Prosimetron*: termo grego que designa a mistura de prosa e verso.

[6] *Gatha*: termo do *Avesta*, o livro sagrado da religião persa do merzdeísmo. Gatha significa literalmente "canto" e designa cada um dos dezessete hinos compostos pelo profeta Zaratustra.

[7] *Satura*: termo latino que designa a composição literária em que se misturavam vários gêneros; mistura de prosa e verso.

se orienta ao mesmo tempo para duas direções opostas, para trás (verso) e para diante (prosa). Essa suspensão, essa sublime hesitação entre o sentido e o som, é a herança poética que o pensamento deve levar até o fim. Para aproveitar esse testamento, Platão, recusando as formas tradicionais da escrita, nunca perde de vista aquela ideia da linguagem que, de acordo com o testemunho de Aristóteles, não era, para ele, nem poesia, nem prosa, mas o meio termo entre as duas.

Ideia da cesura

Talvez nenhuma poesia do século XX confie tão conscientemente o seu ritmo ao travão da cesura como a de Sandro Penna.[8] O poeta esgotou mesmo, no breve espaço de um dístico, um tratamento da cesura que não se encontra em nenhum tratado de métrica:

Io vado verso il fiume su un cavallo
che quando io penso un poco un poco egli si ferma.
(Vou a caminho do rio num cavalo
que quando eu penso um pouco um pouco logo estaca.)

O cavalo que transporta o poeta é, segundo uma antiga tradição exegética do Apocalipse de S. João, o elemento sonoro e vocal da linguagem. Comentando o Apocalipse 19.11, onde se descreve o *logos* como um cavaleiro "fiel e veraz" que monta um cavalo branco, Orígenes explica que o cavalo é a voz, a palavra como enunciado sonoro,

---

[8] *Sandro Penna* (1906-1977): poeta italiano, com uma poesia de recorte clássico e grande musicalidade.

que "corre com mais energia e velocidade que qualquer ginete" e que só o *logos* torna inteligível e clara. É sobre um cavalo que, adormecido – *durmen sus un chivau* –, nas origens da poesia novilatina, Guilherme de Aquitânia declara ter composto o seu *vers*; e há um certo indício do tenaz simbolismo dessa imagem, quando, no princípio do século, na obra de Pascoli[9] (e, mais tarde, no próprio Penna e em Delfini[10]), o cavalo toma a forma mais descontraída de uma bicicleta.

O elemento que faz parar o lance métrico da voz, a cesura do verso, é, para o poeta, o pensamento. Mas o lado exemplar do tratamento do problema em Sandro Penna reside no fato de o conteúdo temático do dístico se espelhar perfeitamente na sua estrutura métrica: na cesura que parte o segundo verso em dois hemistíquios. O paralelismo entre sentido e metro é ainda reforçado pela repetição da mesma palavra nas duas margens da cesura, quase dando à pausa a consistência épica de um intervalo intemporal entre dois instantes, que suspende o gesto a meio, num extravagante passo de ganso (talvez por isso, o poeta escreveu aqui um alexandrino, verso duplo por excelência, cuja cesura é convencionalmente definida como épica).

Mas que se pensa afinal nessa cesura, que faz estacar o cavalo do verso? Que coisa dá a ver essa interrupção do transporte rítmico do poema? A isso responde Hölderlin da maneira mais direta: "O transporte trágico é, de fato, verdadeiramente vazio, e o mais livre. Por isso, na sucessão

---

[9] *Pascoli*: Giovanni Pascoli (1855-1912), poeta italiano cuja obra exerceu sobre a poesia italiana do século XX uma influência tão grande ou maior que a de D'Annunzio ou Carducci.

[10] *Delfini*: Antonio Delfini (1908-1963), escritor humorístico e fantástico, com temáticas de fundo provinciano.

rítmica das representações, nas quais se evidencia o transporte, torna-se necessário aquilo a que, no metro, se chama cesura, a palavra pura, a interrupção antirrítmica, para contrastar, no seu clímax, com a mudança encantatória das representações, de modo a trazer à evidência não já a alternância da representação, mas a própria representação".[11]

O transporte rítmico, motor do lance do verso, é vazio, é apenas transporte de si. E é esse vazio que, enquanto *palavra pura*, a cesura – por um instante – pensa, suspende, enquanto o cavalo da poesia para um pouco. Como escreve, em estilo latino, Raimundo Llull[12] numa das suas peças: "Cavalgando o seu palafrém, ia à Corte para ser armado cavaleiro e, enquanto ia andando, embalado pelo andamento da cavalgadura, adormeceu. Mas, ao chegar a uma fonte, o animal parou para beber; e o escudeiro, que no sono sentiu que o cavalo já não se movia, acordou de repente." Aqui, o poeta adormecido sobre o cavalo acorda e contempla por um instante a inspiração que o transporta – e o que pensa é a sua voz, e nada mais.

---

[11] A citação provém de "Anmerkungen zum Oedipus" (Anotações à tradução do *Édipo Rei* de Sófocles), 1804.

[12] Raimundo Llull (ou Lúlio): filósofo, escritor e missionário, nascido em 1233 em Palma de Maiorca, onde terá morrido também em 1315 ou 1316, depois de uma viagem de divulgação da sua *ars combinatoria* – entre a Lógica e a Teologia – pelo Norte de África. O Lulismo teve, nos séculos XV e XVI, uma forte presença em Portugal, particularmente na sua vertente mística.

Ideia da vocação

A que coisa é fiel o poeta? A pergunta envolve certamente qualquer coisa que não pode ser fixada em proposições ou em profissões de fé memorizadas. Mas como se pode conservar uma fidelidade sem nunca a formular, nem sequer a si próprio? Ela teria sempre de sair da mente no próprio instante em que se afirma.

Um glossário medieval explica assim o sentido do neologismo *dementicare* (esquecer), que tinha passado a ser usado para substituir o termo literário *oblivisci: dementicastis: oblivioni tradidistis*. Aquilo que se esqueceu não foi simplesmente anulado, posto à parte: foi *consignado* ao esquecimento. O esquema dessa informulável tradição foi exposto, na sua forma mais pura, por Hölderlin quando, nas notas à tradução do *Édipo* de Sófocles, escreve que o deus e o homem, "para que não desapareça a memória dos olímpicos, comunicam na forma, esquecida de tudo, da infidelidade".

A fidelidade àquilo que não pode ser tematizado mas também não simplesmente silenciado é uma traição de natureza sagrada na qual a memória, girando subitamente como um redemoinho, descobre a fronte de neve do esquecimento. Esse gesto, esse abraço invertido da memória e do esquecimento, que conserva intacta, no seu centro, a identidade do que é imemorial e inesquecível, é a vocação.

Ideia do Único

Em 1961, Paul Celan deu a seguinte resposta a um inquérito do livreiro Flinker, de Paris, sobre o problema do bilinguismo:

"Não acredito que haja bilinguismo na poesia. Falar com língua bífide – isso sim, existe, também em diversas artes ou artifícios da palavra e dos nossos dias, especialmente naqueles que, numa feliz concordância com o respectivo consumo cultural, sabem estabelecer-se de forma tanto poliglota como polícroma.

Poesia – essa é a inelutável *uni*cidade da língua. Não é, portanto – permitam-me este lugar comum: a poesia, tal como a verdade, vê-se hoje frequentemente na situação de não ir dar a lugar nenhum –, não é, portanto, a sua *dupli*cidade."[13]

Num poeta judeu de língua alemã, nascido e crescido numa região, a Bucovina, onde se falavam correntemente, além do Iídiche, pelo menos mais quatro línguas, uma

---

[13] In: CELAN, P. *Arte poética. O meridiano e outros textos*. Tradução de João Barrento e Vanessa Milheiro. Lisboa: Livros Cotovia, 1996.

resposta como essa não podia ser dada de ânimo leve. Quando, logo depois da guerra, em Bucareste, os amigos, para convencê-lo a tornar-se um poeta romeno (e desse período conservam-se poemas escritos em romeno), lhe recordavam que não devia escrever na língua dos assassinos dos seus pais, mortos num campo nazi, Celan respondia simplesmente: "Só na língua materna se pode dizer a verdade. O poeta mente se usa uma língua estrangeira".

Que espécie de experiência e unicidade da língua estava aqui em causa para o poeta? Não era, por certo, simplesmente a de um monolinguismo que se serve da língua materna para excluir as outras, mas situando-se no mesmo plano. O que estava aí em jogo era, antes, aquela experiência que Dante tinha em mente quando escrevia, sobre a fala materna, que ela "é una e única, sempre primeira na nossa mente". É, de fato, uma experiência da língua que pressupõe desde sempre palavras – com as quais falamos, como se tivéssemos desde sempre palavras para a palavra, como se tivéssemos desde sempre uma língua mesmo antes de a ter (a língua que falamos então já não é única, mas sempre dupla, tripla, presa na série infinita das metalinguagens); e há uma outra experiência na qual o homem, ao contrário, está absolutamente sem palavras perante a linguagem. A língua para a qual não temos palavras, que não finge, como a língua gramatical, ser mesmo antes de ser, mas que "é única e primeira em toda mente", é a nossa língua, ou seja a língua da poesia.

Por isso, Dante não buscava, no *De Vulgari eloquentia*, esta ou aquela língua materna escolhida na floresta de línguas vernáculas da península, mas tão somente aquele vulgar ilustre que, deixando em todas o seu perfume, não se confundia com nenhuma; por isso os provençais conheciam um gênero poético – o *descort* – que atestava a realidade da única língua ausente apenas através da babélica vozearia dos múltiplos idiomas. A língua *única* não é *uma* língua. O Único, de que os homens participam como da única possível verdade materna, isto é, comum, é sempre qualquer coisa dividida: no preciso instante em que alcançam a palavra única, eles têm de tomar partido, escolher uma língua. Do mesmo modo, nós, ao falarmos, podemos apenas dizer *alguma coisa* – não podemos dizer unicamente a verdade nem podemos dizer apenas que dizemos.

Mas que o encontro com esta língua única, dividida e de que não podemos participar, constitua, nesse sentido, um destino, eis uma confissão a que só num momento de fraqueza um poeta pode ter acedido. De fato, como poderia isso ser um destino, se não existem ainda palavras com significação, se não existe ainda uma identidade da língua? E a quem se destinaria tal destino, se nesse momento ainda temos o dom da fala? O infante nunca está tão intacto, distante e sem destino como quando, no nome, está sem palavras frente à língua. O destino tem apenas a ver com a língua que, frente à infância do mundo, jura poder encontrá-la e ter, desde sempre e para lá do nome, qualquer coisa a dizer dela e sobre ela.

Essa vã promessa de um sentido da língua é o seu destino, ou seja, a sua gramática e a sua tradição. O infante que, piedosamente, recolhe essa promessa e, mostrando embora a sua vanidade, se decide pela verdade, decide recordar-se desse vazio e preenchê-lo, é o poeta. Mas chegado aí, a língua está diante dele tão só e abandonada a si própria que já não se impõe de modo nenhum: pelo contrário – e são ainda palavras, tardias, do poeta Paul Celan –, expõe-se, de um modo absoluto ("La poésie ne s'impose plus, elle s'expos"). Nesse momento, a vanidade das palavras atingiu verdadeiramente o centro do coração.

Ideia do ditado[14]

Quando a poesia era uma prática responsável, pressupunha-se que o poeta estaria sempre em condições de justificar o que havia escrito. Os provençais chamavam *razo* à exposição dessa fonte escondida do canto, e Dante intimava o poeta, sob pena de cair em vergonha, a saber "abri-la em prosa".

Delfini, acrescentando em 1956 uma introdução à segunda edição dos seus contos, escreveu para *Il ricordo della basca* (Recordação da basca) a mais longa *razo* que um poeta jamais imaginou para uma obra sua. Mas, como era geralmente hábito entre os poetas de amor, a *razo* pode aqui também enganar o leitor. De fato, ela sugere imediatamente um encaminhamento no sentido da biografia do

---

[14] O termo italiano *dettato* mantém, para além do significado de "ditado", "sentença", ainda um resto de sentido derivado de *dictare*, que no fim da latinidade significava "compor uma obra" (próximo do alemão *dichten*: "poematizar", construir a essência do poético). Expressões como "obra ditada" (obra composta, escrita) e "bons ditadores" (bons escritores) surgem ainda, nesse sentido derivado de Cícero, por exemplo, na "Dedicatória" do *Livro dos Ofícios*, de Cícero, traduzido para o português pelo Infante D. Pedro em 1437.

autor, biografia naturalmente inventada a partir da obra, mas que se arrisca a ser tomada por verdadeira pelo leitor. A basca, transparente *senhal* da língua e do "ditado" da sua poesia, torna-se, assim, Isabel De Aranzadi, uma rapariga conhecida durante um verão em Lerici, 20 anos antes.

La basca é qualquer coisa de tão íntimo e presente que em caso algum pode ser recordado, e esta feliz impossibilidade de recordar ("Gostaria que ela estivesse tão próxima de mim que nenhuma recordação, por mais voluntária que fosse, pudesse dar-me sequer uma imagem dela") é o verdadeiro tema da narrativa, que, consequentemente, termina com uma glossolalia, ou seja, com o mito de uma língua na qual o espírito se confunde – pelo menos na aparência – imediatamente com a voz. A narrativa intitula-se, no entanto, *Ricordo della basca*, para significar que a escrita é a tentativa, desde logo votada ao fracasso, de apreender essa proximidade imemorial, esse amor que se não pode manter à distância (daí "a tragédia irremediável dessa recordação"). De resto, o poema, de que a própria narrativa é a *razo*, não é, realmente, uma glossolalia, mas uma *copla* em puríssima língua basca, que, em tradução, termina com os seguintes versos: "Quando enfim chego ao poema,/ já o sono te vai chegando;/ como um sonho em tua noite/ seja para ti o meu canto".

Contradizendo-se, desse modo, Delfini faz um discreto aceno àquela outra basca da literatura italiana do século XX, que provavelmente lhe serviu de modelo: Manuelita Etchegarray, a crioula de "Dualismo", nos *Canti Orfici* (Cantos órficos), de Dino Campana,[15] cujo nome denuncia

---

[15] *Dino Campana* (1855-1932): poeta louco e maldito, internado de 1918 até o fim da vida num hospital psiquiátrico. Os *Cantos órficos* foram reescritos por Campana de memória, na sequência da perda do manuscrito original, e publicados em 1914 em edição de autor.

uma origem basca inconfundível. Contra a crença ingênua numa imediatez inerente à poesia, Campana (que com isso formula, como se sugeriu, a sua poética) afirma o dualismo e a diglossia que constituem, para ele, a experiência da poesia: a memória e a imediatez, a letra e a voz, o pensamento e a presença. Entre uma impossibilidade de pensar ("eu não pensava, não pensava em ti: eu nunca pensei em ti") e um não poder mais que pensar, entre uma incapacidade de recordar na perfeição, amorosa adesão ao presente, e a memória que surge precisamente na impossibilidade desse amor: eis os eternos polos de divisão do poema. E é esse dilaceramento interior que constitui o "ditado" do poema. Como Folquet de Marselha,[16] o poeta recorda no canto aquilo que, no canto, desejaria apenas esquecer, ou então – para sua felicidade – esquece no canto o que com ele queria recordar.

É por isso que a poesia lírica – que se orienta apenas por um "ditado" – é necessariamente vazia, está sempre na margem de um dia que há muito chegou ao crepúsculo: não tem literalmente nada a dizer ou a contar. Mas, graças a essa paragem, sóbria e extrema, da palavra poética nos seus começos, nasce pela primeira vez, na recordação e na palavra, aquele espaço do vivido que o narrador recolhe como matéria da sua narrativa.

É por isso que os traços de Beatriz no livro da memória desenham uma "vida nova"; é por isso que a recordação da *Recordação da basca* – é assim que Delfini define a sua longuíssima *razo* – é uma autobiografia.

---

[16] *Folquet* (ou Folchetto) *de Marselha*: nascido na segunda metade do século XII, morre talvez em Toulouse em 1321. Figura importante na história da poesia provençal e citado por Petrarca no seu *Trionfo d'amore*, Canto III.

Ideia da verdade

Scholem escreveu um dia que há qualquer coisa de infinitamente desconsolador na doutrina da ausência de objeto do conhecimento supremo, tal como é ensinada nas primeiras páginas do Zohar, e que constitui, de resto, a lição última de toda a mística. Nessas páginas, no limite extremo do conhecimento, aparece o pronome interrogativo *O quê?* (Mah), para lá do qual já não há resposta possível: "Quando um homem interroga, procurando discernir e conhecer, grau após grau até o último, atinge o *Quê?*, ou seja: Entendeste *o quê?* Viste *o quê?* Buscaste *o quê?* Mas tudo continua tão impenetrável como no princípio." Mais íntimo e oculto é, no entanto, segundo o Zohar, o outro pronome interrogativo, que assinala o limite superior dos céus: *Quem?* (Mi). Se o *Quê?* é a pergunta que interroga *a coisa* (o *quid* da filosofia medieval), o *Quem?* é a pergunta que se dirige ao nome: "O impenetrável, o Antigo, criaram isso. E quem é isso? É o *Quem?*... Como é, a um tempo, objeto de pergunta e indesvendável e fechado, chama-se-lhe *Quem?* Para lá dele não há mais perguntas... Existente e inexistente, impenetrável e fechado no nome, não tem outro nome senão *Quem?*, aspiração a ser desvendável, a ser chamado por um nome".

É certo que o pensamento, uma vez atingido o limite do *Quem?*, deixa de ter objeto, chega à experiência da ausência de objeto último. Mas isso não é desconsolador, ou melhor, é apenas para um pensamento que, tomando uma pergunta por outra, continua a perguntar *Quem?*, lá onde não só já não há respostas, como também não há perguntas. Verdadeiramente desconsolador seria o conhecimento último ter ainda a forma da objetualidade. É precisamente a ausência de um objeto último do conhecimento que nos salva da tristeza sem remédio das coisas. Toda verdade última formulável num discurso objetivante, ainda que em aparência feliz, teria necessariamente um caráter destinal de condenação, de um ser condenado à verdade. A deriva em direção a esse definitivo fechamento da verdade é uma tendência presente em todas as línguas históricas, a que a filosofia e a poesia obstinadamente se opõem, e na qual encontram alimento tanto o poder significante das linguagens humanas como a sua inelutável morte. A verdade, a abertura que, segundo um *oros* platônico, é própria da alma, fixa-se, através da linguagem e na linguagem, num último e imutável estado de coisas, num *destino*.

Nietzsche tentou escapar a esse pensamento pela ideia do eterno retorno, pelo sim dito ao instante mais atroz, quando a verdade parece fechar-se para sempre num mundo de coisas. O eterno retorno é, de fato, uma última coisa, mas ao mesmo tempo também a impossibilidade de uma última coisa: a eterna repetição do fechamento da verdade num estado de coisas é, enquanto repetição, também a impossibilidade desse fechamento. Na formulação insuperável de Nietzsche, o *amor fati*, o amor do destino.

Este monstruoso compromisso entre destino e memória, no qual aquilo que só pode ser objeto de recordação (o retorno do idêntico) é vivido todas as vezes como um destino, é a imagem distorcida da verdade, que o nosso tempo não consegue dominar. Porque a abertura da alma – a verdade – não se abre sobre o abismo de um destino infinito nem se fecha na eterna repetição de um estado de coisas, mas, abrindo-se num nome, ilumina apenas a coisa e, fechando-se sobre ela, apreende ainda a sua própria aparência, recorda-se do nome. Esse difícil cruzamento entre dom e memória, entre uma abertura sem objeto e aquilo que não pode ser senão objeto, é a verdade na qual, segundo o autor do Zohar, o justo encontra a sua morada: "O *Quem?* é o limite superior do céu, o *Quê?* o limite inferior. Jacob recebe-os a ambos em herança, foge de um limite para outro, do limite inicial *Quem?* para o limite final *Quê?* e mantém-se no meio".

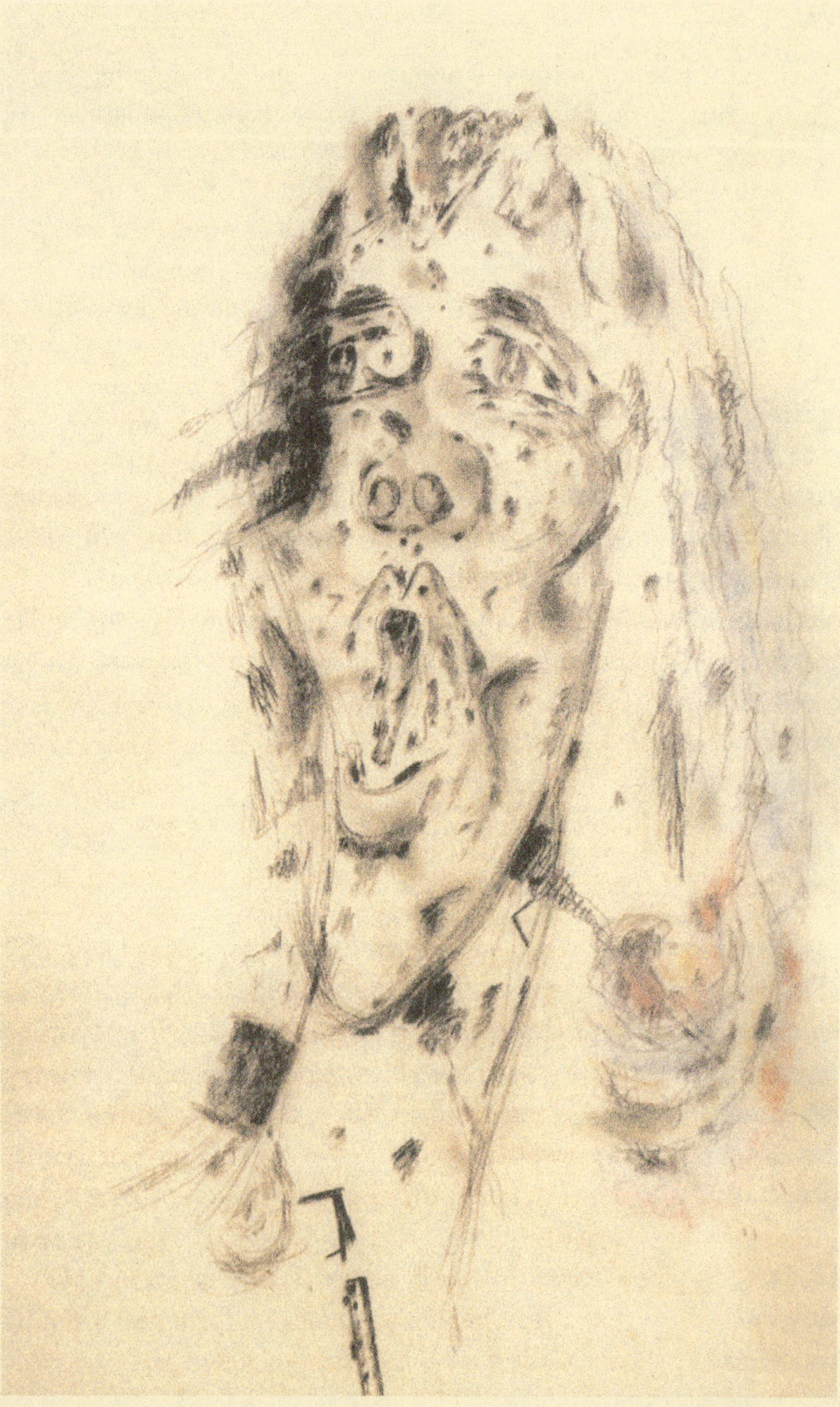

Ideia da musa

Heidegger dava o seu seminário em Le Thor num jardim, à sombra de grandes árvores. Mas por vezes saía-se da aldeia e ia-se na direção de Thouzon ou do Rebanquet, e então o seminário fazia-se em frente a uma cabana perdida no meio de um olival. Um dia, quando o seminário chegava ao fim, e os discípulos, à volta do filósofo, lhe faziam perguntas sem fim, ele respondeu simplesmente: "Vocês podem reconhecer os meus limites, eu não". Anos antes tinha escrito que a grandeza de um pensador se mede pela fidelidade ao seu próprio limite interior, e que não conhecer esse limite – não o conhecer devido à sua proximidade do indizível – é o dom secreto, e raro, do ser.

Que uma latência se mantenha para que possa haver não latência, que um esquecimento seja preservado para que possa haver memória: é isso a inspiração, o transporte suscitado pela musa, que põe o homem em harmonia com a palavra e o pensamento. O pensamento só está próximo da coisa se se perder na sua latência, se deixar de ver a coisa. Essa é a sua natureza de coisa "ditada": a dialética latência/não latência, esquecimento/memória é a condição que permite que a palavra possa acontecer, e não apenas ser manipulada por um sujeito. (Eu não posso, evidentemente, inspirar-me a mim mesmo).

Mas essa latência é também o núcleo tartárico em volta do qual se adensa a obscuridade do caráter e do destino, o não dito que, agigantando-se no pensamento, o precipita na loucura. Aquilo que o mestre não vê é a sua própria verdade: o seu limite é o seu princípio. Não vista, não exposta, a verdade entra no seu ocaso, fecha-se no seu próprio *amanthis*.[17]

"É concebível que um filósofo caia nesta ou naquela forma de aparente incoerência, por amor deste ou daquele compromisso: ele próprio pode estar consciente disso. Mas aquilo de que ele não tem consciência é que a possibilidade desse aparente compromisso tem a sua raiz mais funda numa insuficiente exposição do seu princípio. Se, portanto, um filósofo recorreu realmente a um compromisso, os seus discípulos devem explicar a partir do mais íntimo e essencial conteúdo da sua consciência aquilo que, para ele próprio, tomou a forma de uma consciência exotérica."

A insuficiente exposição do princípio constitui esse limite do que é dado pela musa, em inspiração. Mas, para poder escrever, para poder tornar-se também inspiração para nós, o mestre teve de abafar a sua inspiração, teve de a esgotar: o poeta inspirado é um poeta sem obra. Esse rasurar da inspiração, que arranca o pensamento ao reino das sombras do seu ocaso, é a exposição da musa: a ideia.

---

[17] *Amanthis*: nome que os antigos egípcios davam ao lugar de permanência das almas.

Ideia do amor

Viver na intimidade de um ser estranho, não para nos aproximarmos dele, para o dar a conhecer, mas para o manter estranho, distante, e mesmo inaparente – tão inaparente que o seu nome o possa conter inteiro. E depois, mesmo no meio do mal-estar, dia após dia, não ser mais que o lugar sempre aberto, a luz inesgotável na qual esse ser único, essa coisa, permanece para sempre exposta e murada.

Ideia do estudo

Talmud significa estudo. Durante o exílio na Babilônia, os judeus, que já não podiam celebrar os sacrifícios, uma vez que o templo tinha sido destruído, confiaram a preservação da sua identidade ao estudo do culto, em vez de ao próprio culto. Aliás, *Torah* não significava, nas origens, lei, mas doutrina, e o próprio termo *Mishnah*, que designava a compilação das leis rabínicas, derivava de uma raiz cujo sentido era, antes, o de "repetir". Quando o édito de Ciro autorizou os judeus a regressar à Palestina, o templo foi reconstruído; mas a religião de Israel ficou para sempre marcada pela piedade do exílio. Ao templo único, onde se celebrava o sacrifício solene e de sangue, vieram juntar-se numerosas sinagogas, simples lugares de reunião e de oração, e o poder dos sacerdotes viu-se reduzido pela crescente influência dos fariseus e dos sábios das Escrituras, homens do estudo e do livro.

No ano 70 d.C., as legiões romanas voltaram a destruir o templo. Mas o douto rabino Joannah ben-Zakkaj, fugido secretamente da Jerusalém assediada, obteve de Vespasiano autorização para continuar o ensino da *Torah* na cidade de Jamnia. Desde então, o templo não foi reconstruído, e o estudo, o *Talmud*, tornou-se, assim, o verdadeiro templo de Israel.

No legado do judaísmo, conta-se, assim, também essa polaridade soteriológica do estudo, própria de uma religião que não celebra o seu culto, mas faz dele objeto de estudo. A figura do doutor ou do letrado, respeitada em todas as tradições, adquire, assim, uma significação messiânica desconhecida no mundo pagão: uma vez que, na sua busca, é a redenção que está em jogo, ela confunde-se com a do justo, com a sua pretensão de salvação.

Mas, ao mesmo tempo, ela é atravessada por tensões contraditórias. O estudo, de fato, é em si mesmo interminável. Quem conheça as longas horas de vagabundagem entre os livros, quando qualquer fragmento, qualquer código, qualquer inicial promete abrir uma via nova, logo abandonada em favor de uma nova descoberta, ou quem quer que tenha conhecido a impressão ilusória e labiríntica daquela "lei da boa vizinhança" a que Warburg[18] submeteu a organização da sua biblioteca, sabe bem que o estudo não só não pode ter fim, como também não o quer ter. A etimologia da palavra *studium* torna-se, então, transparente. Ela remonta a uma raiz *st-* ou *sp-*, que designa o embate, o choque. Estudo e espanto (*studiare* e *stupire*) são, pois, aparentados nesse sentido: aquele que estuda encontra-se no estado de quem recebeu um choque e fica estupefato diante daquilo que o tocou, incapaz tanto de levar as coisas até o fim como de se libertar delas. Aquele que estuda fica, portanto, sempre um pouco estúpido, atarantado.

---

[18] *Warburg*: o historiador da arte e colecionador judeu-alemão Aby Warburg (1866-1929), cuja obra se ocupa das influências da Antiguidade em vários domínios da cultura europeia moderna.

Mas se, por um lado, ele fica assim perplexo e absorto, se o estudo é essencialmente sofrimento e paixão, por outro lado, a herança messiânica que ele traz consigo incita-o incessantemente a prosseguir e concluir. Essa *festina lente*, essa alternância de estupefação e de lucidez, de descoberta e de perda, de paixão e de ação constitui o ritmo do estudo.

Nada se assemelha mais a isso do que aquele estado que Aristóteles, opondo-o ao ato, designa de "potência". A potência é, por um lado, *potentia passiva*, passividade, paixão pura e virtualmente infinita, e, por outro lado, *potentia activa*, tensão irredutível em direção à conclusão, passagem ao ato. É por isso que Fílon compara a sabedoria realizada com Sara, que, sabendo-se estéril, instiga Abraão a unir-se à sua serva Hagar, isto é, ao estudo, para poder gerar um filho. Mas, uma vez fecundado, o estudo é de novo confiado a Sara, que é a sua patro(n)a. E não é por acaso que Platão, na Carta Sétima, se serve de um verbo da mesma família de estudar (σπουδάξω) para se referir a sua relação com aquilo que mais preza: é apenas após um longo período de convivência séria com os nomes, as definições e os conhecimentos que se produz na alma a centelha que, inflamando-a, marca a passagem da paixão à realização.

É isso que contribui para explicar a tristeza do letrado: nada é mais amargo que uma permanência prolongada na esfera da potência. E nada mostra tão bem a inconsolável tristeza que pode nascer desse perpétuo adiamento do ato como a *melancholia philologica* que Pasquali, sob pretexto de a ter ido buscar ao testamento de Mommsen[19], transformou em símbolo enigmático da existência do letrado.

---

[19] *Mommsen*: o historiador e jurista alemão Theodor Mommsen (1817-1903), autor de uma monumental e influente *História de Roma*, em 5 volumes.

O fim do estudo pode eventualmente nunca ser alcançado – e, nesse caso, a obra ficará para sempre em estado de fragmento, de fichas –, ou então pode coincidir com o instante da morte, no qual aquilo que parecia uma obra acabada se revela como simples estudo. É o caso de S. Tomás, que, pouco antes de morrer, abre-se em segredo com o seu amigo Rinaldo: "os meus escritos estão a chegar ao fim, porque agora me foram reveladas coisas em relação com as quais tudo o que escrevi e ensinei me parece sem importância. E espero não sobreviver muito tempo ao fim da doutrina".

Mas a mais extrema e exemplar encarnação do estudo na nossa cultura não é nem a do grande filólogo nem a do doutor da Lei. É, antes, a do estudante, tal como ele aparece em certos romances de Kafka ou de Walser.[20] O modelo deles é o do estudante de Melville, que passa a vida numa mansarda baixa "em tudo semelhante a um túmulo", os cotovelos apoiados nos joelhos e a cabeça entre as mãos. E a sua figura mais acabada é a de Bartleby, o escritor que deixou de escrever. Nesse caso, a tensão messiânica do estudo foi invertida, ou antes, está para lá de si mesma. O seu gesto é o de uma potência que não precede o seu ato, mas se lhe segue e o deixou para todo o sempre atrás de si: é o gesto de um *Talmud* que não só renunciou à reconstrução do templo, mas pura e simplesmente o esqueceu. Desse modo, o estudo liberta-se da tristeza que o desfigurava, para regressar à sua verdadeira natureza: não a obra, mas a inspiração, a alma que se alimenta de si própria.

---

[20] *Walser*: o romancista e prosador suíço Robert Walser (1878-1956), cuja obra narrativa mais original é constituída pelas suas pequenas histórias em prosa ("microgramas"), que revelam afinidades com obras como as de Kafka, Walter Benjamin e Bernardo Soares (*O livro do desassossego*). Walser passou os últimos 27 anos de vida num asilo, sem escrever.

Ideia do imemorial

Quando acordamos, sabemos, por vezes, que vimos em sonhos a verdade, clara e ao alcance da mão, de tal modo que ficamos totalmente dominados por ela. Umas vezes é-nos dado ver uma escrita cujo selo subitamente quebrado nos fornece o segredo da nossa existência. Outras vezes, uma só palavra, acompanhada de um gesto imperioso ou repetida numa lenga-lenga infantil, ilumina como um relâmpago toda uma paisagem de sombras, devolvendo a todos os pormenores a sua forma reencontrada, definitiva.

No despertar, porém, embora nos recordemos, de forma límpida, de todas as imagens do sonho, aquela escrita e aquela palavra perderam a sua força de verdade, e é com tristeza que as viramos de todos os lados, sem conseguir redescobrir-lhes o encanto. Temos o sonho, mas, inexplicavelmente, falta-nos a sua essência, que ficou sepultada naquela terra à qual, uma vez despertados, deixamos de ter acesso.

Raramente temos tempo de observar aquilo que devia ser perfeitamente evidente: que confiamos em vão a um outro tempo e a um outro lugar o segredo do sonho. Só no momento do despertar, quando nos vem como um lampejo, o sonho existe para nós na sua inteireza. A recordação que o sonho nos concedeu é a mesma que nos faz ver o vazio que aflige: as duas estão contidas num e no mesmo gesto.

A memória involuntária proporciona uma experiência análoga. Nela, a recordação que nos devolve a coisa esquecida esquece-se também dela, e esse esquecimento é a sua luz. Daí, porém, vem a nostalgia que anima: há uma nota elegíaca que vibra tão tenazmente no fundo de toda a memória humana que, no limite, a recordação que não recorda nada é a mais poderosa das recordações.

Em vez de ver nessa aporia do sonho e da recordação uma limitação e uma fraqueza, devemos, antes, tomá-la por aquilo que ela é: uma profecia que tem a ver com a própria estrutura da consciência. Não é aquilo que vivemos e depois esquecemos que regressa, na sua imperfeição, à consciência; antes, somos nós que acedemos então a qualquer coisa que nunca foi, ao esquecimento como parte da consciência. É por isso que a nossa felicidade está impregnada de nostalgia: a consciência contém em si o presságio da inconsciência, e esse presságio é precisamente a condição da sua perfeição. Isso significa que toda a atenção tende, em última instância, para uma distração, e que, no seu limite extremo, o pensamento não é mais que um estremecimento. Sonho e recordação mergulham a vida no sangue de dragão da palavra e, desse modo, tornam-na invulnerável à memória. O imemorial, que se precipita de memória em memória sem nunca chegar à recordação, é verdadeiramente inesquecível. Esse esquecimento inesquecível é a linguagem, é a palavra humana.

Assim, a promessa que o sonho formula no próprio momento em que se dissipa é a de uma lucidez tão poderosa que nos entrega à distração, de uma palavra tão completa que nos reenvia para a infância, de uma razão tão soberana que se compreende a si mesma como incompreensível.

II

Ideia do poder

Talvez só no prazer as duas categorias invertidas pelo gênio de Aristóteles, a potência e o ato, percam a sua opacidade, entretanto transformada em estereótipo, para, por um instante, se tornarem transparentes. O prazer – pode-se ler no tratado que o filósofo dedicou ao seu filho Nicômaco – é aquilo cuja forma é completa em cada instante, perpetuamente em ato. Dessa definição resulta que a potência é o contrário do prazer. Ela é aquilo que nunca está em ato, que sempre falha o seu objetivo; em suma, é a dor. E se o prazer, de acordo com essa definição, nunca se desenrola no tempo, já a potência se inscreve essencialmente na duração. Estas considerações permitem lançar luz sobre as relações secretas que ligam o poder à potência. A dor da potência desvanece-se, de fato, no momento em que ela passa ao ato. Mas existem por toda parte – também dentro de nós – forças que obrigam a potência a permanecer em si mesma. É sobre essas forças que repousa o poder: ele é o isolamento da potência em relação ao seu ato, a organização da potência. Apropriando-se da sua dor, o poder fundamenta sobre ela a sua própria autoridade: e deixa literalmente incompleto o prazer dos homens.

Mas aquilo que assim se perde não é tanto o prazer como o próprio sentido da potência e da sua dor. Tornando-se interminável, esta cai sob a alçada do sonho e gera, para si própria e para o prazer, os mais monstruosos equívocos. Pervertendo a justa relação entre os meios e os fins, a busca e a formulação, confunde o cúmulo da dor – a onipotência – com a maior das perfeições. Mas o prazer só é humano e inocente enquanto fim da potência, enquanto impotência; e a dor só é aceitável enquanto tensão que obscuramente prenuncia a sua crise, o juízo resolutivo. Na obra, como no prazer, o ser humano desfruta enfim da sua própria impotência.

« J'en veux, je te dis. »

Ideia do comunismo

Na pornografia, a utopia de uma sociedade sem classes manifesta-se através do exagero caricatural dos traços que distinguem essas classes e da sua transfiguração na relação sexual. Em nenhum outro contexto, nem sequer nas máscaras de carnaval, insiste-se com tanta obstinação nas marcas de classe da indumentária, no próprio momento em que a situação leva à sua transgressão e anulação, da forma mais despropositada. As toucas e os aventais das criadas de quatro, o macacão dos operários, as luvas brancas e os galões do mordomo, e mesmo, mais recentemente, as batas e as máscaras das enfermeiras, celebram a sua apoteose no instante em que, estendidos como estranhos amuletos sobre corpos nus inextrincavelmente enroscados uns nos outros, parecem anunciar, com um toque estridente de trombeta, aquele último dia em que eles terão de apresentar-se como sinais de uma comunidade ainda não anunciada.

Só no mundo antigo se encontra qualquer coisa de semelhante a isso, na representação das relações amorosas entre deuses e homens, que constituem uma fonte inesgotável de inspiração para a arte clássica na sua fase final. Na união sexual com o deus, o mortal, vencido e feliz, anulava de um golpe a infinita distância que o separava dos imortais; mas, ao mesmo tempo, essa distância restabelecia-se, ainda que invertida, nas metamorfoses da divindade em animais. O meigo focinho do touro que rapta Europa, o bico sagaz de cisne inclinado sobre o rosto de Leda, são sinais de uma promiscuidade tão íntima e tão heroica que se nos torna, pelo menos durante algum tempo, insuportável.

Se procuramos o conteúdo de verdade da pornografia, imediatamente ela nos mete diante dos olhos a sua ingênua e simplista pretensão de felicidade. A característica essencial desta última é a de ser exigível a qualquer momento e em qualquer ocasião: qualquer que seja a situação de despedida, ela tem infalivelmente de acabar com a relação sexual. Um filme pornográfico no qual, por qualquer contratempo, isso não acontecesse, seria uma obra-prima, mas não seria um filme pornográfico. O *strip-tease* é, neste sentido, o modelo de toda a intriga pornográfica: no início temos sempre e apenas pessoas vestidas, numa determinada situação, e o único espaço deixado ao imprevisto é o do modo como, no fim, elas têm de reencontrar-se, agora sem roupa. (Nisso a pornografia recupera o gesto rigoroso da grande literatura clássica: não pode haver espaço para surpresas, e o talento manifesta-se nas imperceptíveis variações sobre o mesmo tema mítico). E com isso pusemos a nu também a segunda característica essencial da pornografia: a felicidade que ela exibe é sempre circunstancial, é sempre uma história e uma ocasião que se aproveitam, mas nunca uma condição natural, nunca qualquer coisa de já dado. O naturismo, que leva a tirar a roupa, é desde sempre o adversário mais aguerrido da pornografia; e do mesmo modo que um filme pornográfico sem acontecimento sexual não teria sentido, também dificilmente se poderia qualificar de pornográfica a exibição pura e simples do sexo no ser humano.

Mostrar o potencial de felicidade presente na mais insignificante situação quotidiana e em qualquer forma de socialidade humana: essa é a eterna razão política da pornografia. Mas o seu conteúdo de verdade, que a coloca nos antípodas dos corpos nus que enchem a arte monumental do fim de século, é que ela não eleva o quotidiano ao nível do céu eterno do prazer, mas exibe, antes, o irremediável caráter episódico de todo prazer, a íntima digressão de todo universal. Por isso, só na representação do prazer feminino, cuja expressão é visível apenas no rosto, ela esgota a sua intenção.

Que diriam os personagens do filme pornográfico que estamos vendo se pudessem, por seu turno, ser espectadores da nossa vida? Os nossos sonhos não podem ver-nos – e essa é a tragédia da utopia. A confusão entre personagem e leitor – boa regra de toda leitura – deveria funcionar também aqui. Acontece, porém, que o importante não é tanto aprender a viver os nossos sonhos, mas sim que eles aprendam a ler a nossa vida.

"Um dia se mostrará que o mundo já há muito tempo que possui o sonho de uma coisa, da qual apenas precisa ter consciência para a possuir verdadeiramente."[21] Certamente que sim – mas como se possuem os sonhos, onde é que estão guardados? Porque aqui não se trata, naturalmente, de realizar alguma coisa. Nada é mais entediante que um homem que tenha realizado os seus sonhos: é o zelo

---

[21] A citação vem de uma conhecida carta de Marx a A. Ruge, nos anos 1840, na qual se lê: "O mundo há muito que está de posse do sonho de uma coisa da qual apenas precisa ter consciência para a possuir realmente".

social-democrático e sem gosto da pornografia. Tampouco se trata de guardar em câmaras de alabastro, intocáveis e coroados de rosas e jasmim, ideais que, ao se tornar coisas, se quebrariam: esse é o secreto cinismo do sonhador.

Roberto Bazlen[22] dizia: aquilo que sonhamos é qualquer coisa que já tivemos. Há tanto tempo que já não nos recordamos disso. Não num passado, portanto – já lhe perdemos os registros. Os sonhos e os desejos não realizados da humanidade são, antes, os membros pacientes da ressurreição, sempre a ponto de despertar no dia final. E não dormem fechados em preciosos mausoléus, mas estão pregados, como astros vivos, ao céu remotíssimo da linguagem, cujas constelações mal conseguimos decifrar. E isso – pelo menos isso – não o sonhamos. Ser capaz de apanhar as estrelas que, como lágrimas, caem do firmamento jamais sonhado da humanidade – essa é a tarefa do comunismo.

---

[22] *Roberto Bazlen* (1902-1965): escritor triestino, filho de pai alemão e mãe italiana, descobre Italo Svevo e mantém uma importante troca de correspondência com o poeta Eugenio Montale. Autor de textos deliberadamente fragmentários, reunidos (para além do texto maior *O capitão de longo curso*) no conjunto *Notas sem texto*.

Ideia da política

Segundo a teologia, o castigo mais severo em que pode incorrer uma criatura, aquele contra o qual não há mesmo mais nada a fazer, não é a cólera de Deus, mas o seu esquecimento. De fato, a Sua cólera tem a mesma natureza que a Sua misericórdia: mas quando a nossa falta ultrapassa os limites, até a cólera de Deus nos abandona. "Esse é o momento terrível", escreve Orígenes, "o momento extremo em que já não somos punidos pelos nossos pecados. Quando ultrapassamos a medida do mal, o Deus enciumado esquece todo o seu zelo em relação a nós: 'O meu ciúme abandonar--te-á', diz Ele, 'e já não ficarei irado por tua causa.'"

Esse abandono, esse esquecimento divino, é, para lá de todo castigo, a mais refinada das vinganças, aquela que o crente teme por ser a única irreparável, em face da qual o seu pensamento recua, aterrado: de fato, como será possível pensar aquilo de que a própria onisciência divina já não sabe nada, aquilo que foi apagado para todo o sempre da memória de Deus? Daquele que é vítima desse abandono diz George Bernanos que está "nem absolvido nem condenado, note-se, mas perdido".

Existe, no entanto, um caso, um único, em que esta condição deixa de ser infeliz e alcança uma felicidade muito particular: é o das crianças não batizadas que morreram sem pecado, a não ser o original, e que permanecem eternamente no limbo, na companhia dos loucos e dos pagãos que tenham sido justos. *Mitissima est poena puerorum, qui cum solo originalide cedunt.*[23] O castigo do limbo, dessa eterna margem dos infernos, não é, segundo os teólogos, uma pena aflitiva, não condena ao tormento e às chamas: é apenas uma pena privativa, que consiste na perpétua carência da visão de Deus. Mas, contrariamente aos condenados, os habitantes do limbo não sofrem dessa carência: uma vez que apenas detêm o conhecimento natural, e não o conhecimento sobrenatural que nos foi dado pelo batismo, não sabem que são privados do bem supremo ou, se o sabem (como admite uma outra opinião), não podem sofrer um desespero superior ao de um homem sensato que se afligisse por não poder voar. (De fato, se sofressem com isso, e dado que sofreriam por uma falta de que se não podem penitenciar, a sua dor acabaria por levá-los ao desespero, como acontece aos condenados, o que não seria justo.) Para além disso, os seus corpos são insensíveis como os dos bem-aventurados, mas unicamente no que se refere à justiça divina; quanto ao resto, desfrutam perfeitamente da sua perfeição natural.

O maior castigo – a carência da visão de Deus – transforma-se assim em alegria natural: eles não sabem, nunca saberão, nada de Deus. E assim ficam, irremediavelmente perdidos, no abandono divino: não foi Deus que os esqueceu, foram eles que desde sempre já O esqueceram,

---

[23] Tradução da frase latina: "Suavíssimo é o castigo das crianças que morreram apenas com o pecado original".

e o esquecimento divino nada pode fazer contra o seu esquecimento. Nem bem-aventurados como os eleitos, nem desesperados como os condenados, carregam uma esperança sem saída possível.

Essa natureza própria do limbo é a de Bartleby, a mais antitrágica das figuras de Melville (ainda que, aos olhos dos homens, nada pareça mais desolador que o seu destino) – e está aí a raiz, impossível de arrancar, "preferia não", contra o qual se desfaz, simultaneamente com a razão divina, toda a razão humana.

Ideia da justiça

a Carlo Betocchi

Que pretende o Esquecido? Não memória nem conhecimento, mas justiça. A justiça em que ele se fia, porém, pelo fato de ser justiça não pode fazê-lo aceder ao nome e à consciência; a sua decisão implacável exerce-se apenas como punição sobre os esquecidos e os carrascos – do Esquecido nada diz (a justiça não é vingança, não tem nada a reivindicar). Nem poderia fazê-lo sem trair aquilo que se entregou nas suas mãos, não para ser entregue à memória e à língua, mas para permanecer imemorável e sem nome. *A justiça é, assim, a tradição do Esquecido.* Mais essencial que a transmissão da memória é, de fato, para o homem, a transmissão do esquecimento, cuja acumulação anônima lhe recai dia a dia sobre os ombros, inapagável e sem refúgio. Para todos os homens e, por maioria de razões, para todas as sociedades, essa acumulação é de tal modo que nem o mais perfeito dos arquivos teria capacidade para uma pequena parcela que fosse (por isso é falaciosa toda tentativa de construir a História como um tribunal).

E, no entanto, essa é a única herança que cada homem infalivelmente recebe. Furtando-se à língua dos signos e à memória, o Esquecido faz nascer a justiça para o homem e unicamente para ele. Não como um discurso que se poderia silenciar ou divulgar, mas como uma voz, não como um testamento autógrafo, mas como um gesto anunciador ou uma vocação. Nesse sentido, a mais antiga tradição humana não é Logos, mas Dike[24] (ou melhor, os dois são, em princípio, indissociáveis). A linguagem, enquanto memória histórica consciente, não é mais que o desespero que nos vem do confronto com as dificuldades da tradição. Ao julgar que transmitem uma língua, os homens dão-se de fato reciprocamente uma voz; e, ao falar, entregam-se sem remissão à justiça.

---

[24] *Dike*: o conceito órfico grego para a justiça e o direito.

Ideia da paz

Desde que a reforma da liturgia reintroduziu na missa o sinal da paz trocado entre os fiéis, verificou-se, não sem algum mal-estar, que eles ingenuamente ignoravam completamente que sinal poderia ser esse, e que, não o sabendo, após alguns instantes de perplexidade, recorriam ao único gesto que lhes era familiar e, sem muita convicção, apertavam-se as mãos. O seu gesto de paz era, pois, aquele mesmo que, nos negócios dos camponeses nas feiras e mercados, fechava o acordo.

O termo para paz indicava, na sua origem, um pacto, uma convenção, e isso estava no seu próprio étimo. Mas o termo que, para os latinos, designava a situação saída desse acordo não era *pax*, mas sim *otium*, cujas incertas correspondências nas línguas indo-europeias (grego αὔσιος, vazio, αὔτως, em vão; gótico *aupeis*, vazio; islandês *aud*, deserto) convergem todas para o campo semântico do vazio e da ausência de finalidade. Um gesto de paz só poderia ser então um gesto puro, com o qual não se pretende dizer nada, que mostra a inatividade e a vacuidade da mão. E é esse, de fato, entre muitos povos, o gesto da saudação; e é talvez somente porque o aperto de mão se tornou hoje apenas uma simples forma de saudar o outro que os fiéis, ao apelo do sacerdote, recorrem a esse gesto incaracterístico.

A verdade, porém, é que não há, não pode haver nisso sinal de paz, porque a verdadeira paz só poderia verificar-se no momento em que todos os sinais se consumassem e esgotassem. Toda a luta entre os homens é, de fato, uma luta pelo reconhecimento, e a paz que se segue a essa luta é apenas uma convenção que institui os sinais e as condições desse mútuo e precário reconhecimento. Tal paz é sempre e apenas paz das nações e do direito, ficção de reconhecimento de uma identidade da linguagem, que provém da guerra e acabará na guerra.

Não o reclamar-se de sinais e de imagens garantidos, mas sim o fato de não podermos reconhecer-nos em qualquer sinal ou imagem: é isso a paz. Ou, se quisermos, aquela alegria que é mais antiga que a paz e que uma admirável parábola franciscana define como uma permanência – noturna, paciente, desenraizada – no não reconhecimento. Ela é o céu totalmente vazio da humanidade, a exposição da inaparência como única pátria dos homens.

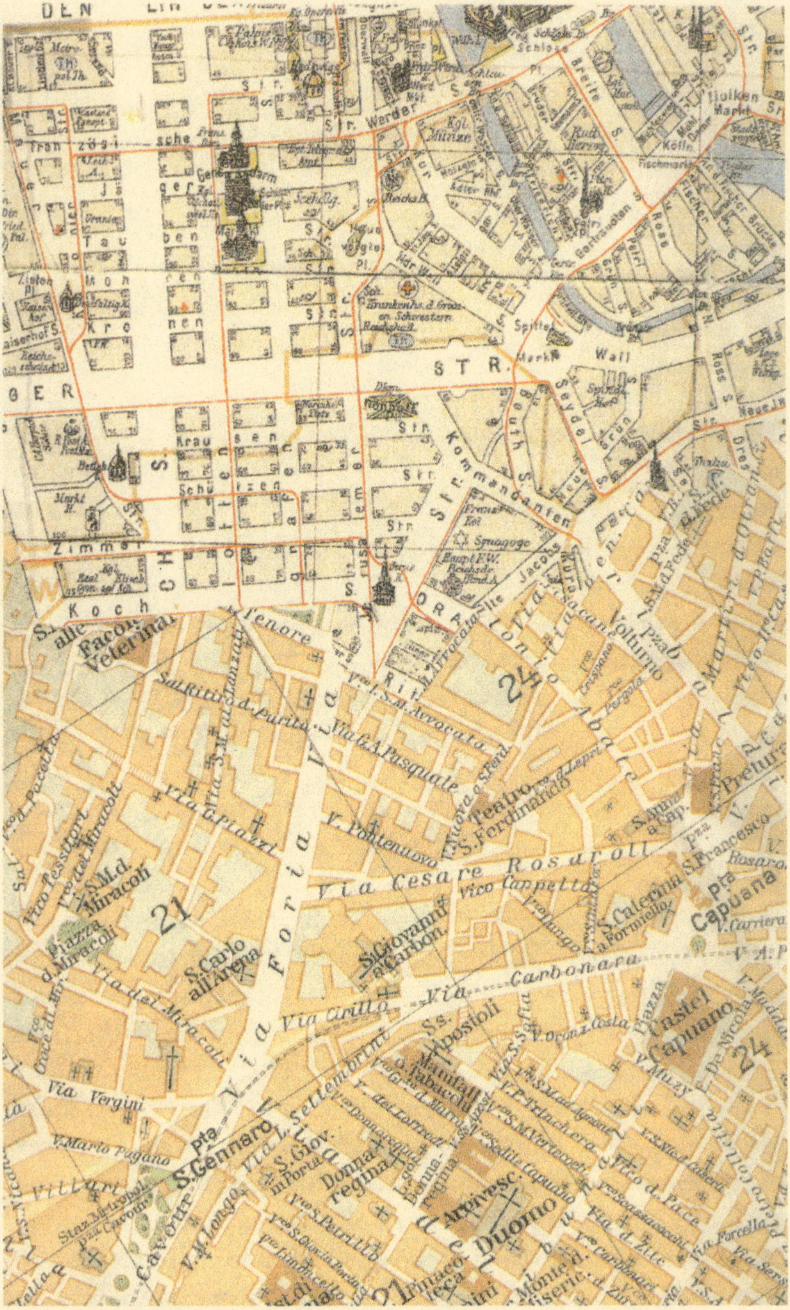

Werder
Kgl. Münze
Breite
Wall
STR.
Krausen
Schützen
Zimmer
Koch
Kommandanten
Synagoge
Via Foria
Via Cesare Rosaroll
Vico Cappella
Teatro S. Ferdinando
Via C. A. Pasquale
S. Carlo all'Arena
S. M. d. Miracoli
Via dei Miracoli
Via Vergini
Via Carbonara
Via Cirillo
Ss. Apostoli
Castel Capuano
Pta Capuana
Pta S. Gennaro
Donna regina
Duomo
Via Duomo
Via Forcella
Vico d. Pace
21
24

Ideia da vergonha

I

O homem antigo não conhece o sentimento de miséria e contingência que, aos nossos olhos e em última instância, retira toda a grandeza à desventura humana. É certo que, para ele, a alegria pode transformar-se num instante, enquanto ὔβρις, na mais amarga desilusão, mas é precisamente ao dar-se isso que o trágico intervém, para impedir, graças à sua objeção heroica, a possível miséria. Trágico, e não mesquinho, é o naufrágio do homem antigo em face do seu destino: nem a sua infelicidade nem a sua felicidade revelam nenhum sinal de tacanhez. É verdade que na comédia a culpa trágica se mostra do seu lado ridículo: e, apesar disso, esse mundo abandonado pelos deuses e pelos heróis não é um mundo de miséria, mas sim de graça: "Que graça tem um homem", diz um personagem de Menandro, "quando é verdadeiramente humano!".

Não é na comédia, mas na filosofia, que encontramos no mundo antigo o primeiro e único sinal de um sentimento que podemos, sem exagero, aproximar da vergonha que paralisa a fé de Stavrogin,[25] ou da mítica promiscuidade, da sujidade mítica dos tribunais e dos castelos kafkianos (no mundo antigo, a imundície nunca pode ser mítica: Hércules limpa os estábulos de Áugias sem qualquer nojo, submetendo as forças naturais à sua vontade, enquanto nós não conseguimos livrar-nos completamente da nossa imundície, à qual se cola sempre um resíduo mitológico). Curiosamente, deparamos com ela naquela passagem do *Parmênides* em que o jovem Sócrates expõe ao filósofo de Eleia a teoria das ideias. À pergunta de Parmênides sobre se existem ideias "dos cabelos, da imundície, da lama e de outras coisas de natureza baixa e nojentas em último grau", Sócrates confessa que se apossa dele uma vertigem: "Já uma vez me atormentou a ideia de que isso pudesse propagar-se a todo o universo. Mas, assim que me entrego a esse pensamento, fujo-lhe logo, com medo de me perder, precipitando-me num abismo de estultícia...". Mas isso só dura um instante: "É porque és ainda muito novo", replica Parmênides, "e a filosofia ainda não tomou conta de ti como prevejo que acontecerá um dia, quando já não estiveres relutante em relação a nenhuma dessas coisas".

É importante que seja um problema metafísico (em última análise, teológico) a desencadear para o pensamento, ainda que só por um instante, a vertigem da miséria. O próprio Deus – o mundo hiperuraniano das ideias, modelo que serviu ao demiurgo para criar o mundo sensível – mostra aquela face repugnante que hoje nos é tão familiar, e perante a qual o homem pagão imediatamente volta a cara, e sente aquele αἰδώς que é a marca tão forte da piedade antiga. Deus não precisa de justificação: θεὸς ἀναίτιος, proclama, na *República*, a virgem Láquesis.

---

n: personagem d'*Os possessos*, de Dostoievski.

Para o homem moderno, pelo contrário, a teodiceia é necessária e, ao mesmo tempo, falha da forma mais miserável: o próprio Deus se acusa e se rebola, por assim dizer, na sua própria lama teológica, e é precisamente isso que dá ao nosso mal-estar a sua natureza inconfundível. O abismo sobre o qual vacila a nossa razão não é o da necessidade, mas o da contingência e da banalidade do mal. Não se pode ser nem culpado nem inocente de qualquer coisa de contingente: pode-se apenas ter vergonha disso, como quando, na rua, escorregamos numa casca de banana. O nosso Deus é um Deus que se envergonha. Mas, tal como toda relutância trai, naquele que a experimenta, uma secreta solidariedade com o objeto do seu desprezo, assim também a vergonha é o sinal de uma inaudita e tremenda proximidade do homem frente a si próprio. O sentimento de miséria é o último pudor do homem frente a si próprio, do mesmo modo que a contingência – sob o signo da qual parece agora desenrolar-se docilmente toda a sua existência – é a máscara que encobre o peso crescente que causas unicamente humanas exercem sobre os destinos da humanidade.

II

É uma leitura muito pobre de Kafka aquela que não vê nessa obra mais do que a expressão cifrada da angústia do homem culpado perante o inescrutável poder de um Deus que se tornou estranho e distante. Muito pelo contrário, aí é o próprio Deus que precisa ser salvo, e o único fim feliz que podemos imaginar para os seus romances é a redenção de Klamm,[26] do Conde,[27] da

---

[26] *Klamm*: personagem (o alto funcionário do castelo) do romance *O castelo*, de Kafka.

[27] *O Conde*: personagem d'*O castelo*, de Kafka.

anônima loucura teológica dos juízes, dos funcionários das chancelarias e dos guardas que se fecham na promiscuidade de corredores poeirentos ou se curvam sob tetos demasiado baixos.

O gênio de Kafka está no fato de ele ter metido Deus num desvão, de ter feito da arrecadação e do lugar do lixo o lugar teológico por excelência. Mas a sua grandeza, que só de quando em quando brilha no gesto das suas personagens, vem de ele, a dada altura, ter renunciado à teodiceia e ter posto de lado o velho problema da culpa e da inocência, da liberdade e do destino, para se concentrar unicamente na vergonha.

Tinha à sua frente uma humanidade – a pequena burguesia planetária – que fora expropriada de toda a experiência à exceção da sua vergonha – a vergonha, que é o mesmo que dizer a forma pura, e vazia, do mais íntimo sentimento do eu. Para tal humanidade, a única inocência possível seria a de poder sentir vergonha sem mal-estar. O αἰδώς não era, para o homem antigo, um sentimento embaraçoso; pelo contrário, confrontado com ele, reencontrava, como Heitor diante do seio desnudo de Hécuba, a sua coragem e a sua piedade. É por isso que Kafka procura ensinar aos homens o uso do único bem que lhes restou: não a libertar-se da vergonha, mas a libertar a vergonha. É isso que Joseph K. se esforça por conseguir durante todo o tempo que dura o seu processo; e é para salvar a sua própria vergonha, não a sua própria inocência, que no fim ele se submete obstinadamente ao cutelo do carrasco: "parecia-lhe", diz-se no momento da sua morte, "que a sua vergonha lhe sobreviveria".

Apenas para cumprir essa missão, para manter para a humanidade pelo menos a sua vergonha, Kafka reencontrou qualquer coisa como uma felicidade antiga.

Ideia da época

O aspecto mais farisaico da mentira implícita no conceito de decadência é a pedanteria com a qual, no próprio momento em que se lamentam a mediocridade e o declínio e se registram os presságios do fim, se faz em cada geração a lista dos novos talentos e se catalogam as formas novas e as tendências epocais nas artes e no pensamento. Nesse recenseamento mesquinho, muitas vezes de má-fé, perde-se o único e incomparável título de nobreza que o nosso tempo poderia legitimamente reivindicar a propósito do passado: *o de não querer já ser uma época histórica*. Se há característica da nossa sensibilidade que merece sobreviver, ela é a do sentimento de impaciência, e quase de náusea, que temos perante a perspectiva de tudo poder recomeçar desde o início, ainda que da melhor das maneiras: perante novas obras de arte, novos sinais dos costumes ou da moda, quando a tradição, depois de tê-los soltado momentaneamente, volta a apertar os fios da sua própria tessitura, celerada e antiquíssima, há qualquer coisa em nós que, mesmo que possa encher-nos de admiração, não pode reprimir um sentimento de horror.

Ora, é precisamente isso que se perde na vontade cega do nosso tempo de ser a todo custo uma época, nem que seja a época da impossibilidade de ser uma época: a época do niilismo. Conceitos como os de pós-moderno, de novo renascimento, de humanidade ultrametafísica, revelam o grão de progressismo escondido em todo pensamento da decadência e no próprio niilismo: o que importa é, em todos os casos, não perder a nova época que já chegou ou chegará, ou pelo menos poderá chegar, e cujos sinais já podem ser decifrados à nossa volta. E não há nada mais triste que o esgar com que, no meio do mal-estar geral, os mais espertos roubam aos seus semelhantes os seus próprios sofrimentos, mostrando-lhes que eles são apenas os hieróglifos, para eles próprios por enquanto indecifráveis, da nova felicidade dessa época. Do outro lado, aqueles que se limitam a acenar com o fantasma do fim da humanidade não escondem a sua nostalgia por tudo aquilo que, apesar de tudo, poderia ter continuado tão bem.

Como se para lá dessa alternativa não houvesse a única possibilidade propriamente humana e espiritual: a de sobreviver à extinção, de pular por cima do fim do tempo e das épocas históricas, não em direção ao futuro ou ao passado, mas em direção ao próprio coração do tempo e da história. A história, tal como a conhecemos, não foi até hoje outra coisa senão a sua própria atualização incessante, e só no momento em que a sua pulsação cessar teremos oportunidade de aproveitar a ocasião nela contida, antes que ela seja de novo traída (*tradita*: traída/transmitida) num destino epocal. Na nossa obstinação de nos darmos tempo, perdemos o sentido desse dom, tal como, no nosso querer incessantemente tomar a palavra, é a própria razão da linguagem que perdemos.

Por isso, não queremos novas obras de arte ou do pensamento, não desejamos outra época cultural e social: o que queremos é salvar a época e a sociedade da sua errância na tradição, apreender o *bem* que elas trazem consigo – um bem indiferível, e não epocal. Assumir essa missão seria a única ética, a única política à altura deste nosso tempo.

Ideia da música

Uma estranha pobreza de descrições fenomenológicas contrasta com a abundância de análises conceptuais do nosso tempo. É um fato curioso que seja ainda um punhado de obras filosóficas e literárias escritas entre 1915 e 1930 a constituir a chave da sensibilidade da época, que a última descrição convincente do nosso estado de alma e dos nossos sentimentos remonte, em suma, a mais de cinquenta anos. É certo que, no segundo pós-guerra, o existencialismo francês (e, na sua pegada, o cinema europeu do fim dos anos 1950) tentou fazer uma revisão em grande escala dos estados de alma fundamentais; mas não é menos certo que ela – quase instantaneamente – se tornou incrivelmente insípida e obsoleta. Nem a náusea sartriana nem o absurdo cinzento das personagens de Camus acrescentaram, a nosso ver, algo à caracterização heideggeriana da angústia e das outras *Stimmungen* (estados de alma; disposição interior) em *Sein und Zeit* (*Ser e Tempo*); e se quisermos procurar uma imagem do nosso desenraizamento e da nossa miséria social é ainda à descrição da cotidianidade em *Sein und Zeit* ou aos romances de Joseph Roth[28] ou aos breves e febris apontamentos da "Viagem através da inflação alemã", de Walter Benjamin[29] que temos de recorrer. Quanto à fenomenologia do amor, ninguém conseguiu acrescentar muito às páginas da *Recherche* que lhe fixaram, pela última vez, a *facies hippocratica*, nem nunca a vergonha e a promiscuidade reencontraram, para nós, a épica concisão das pequenas narrativas de Kafka.

Mesmo o Surrealismo, que, com indubitável sentido de atualidade, se tinha proposto redesenhar o mapa da sensibilidade epocal, não conseguiu realizar essa sua intenção: a atmosfera surrealista, com a sua pacotilha rimbaudiana e as suas incongruentes associações, tem hoje o mesmo sabor arcaico um tanto frívolo que Benjamin tinha reconhecido no seu protótipo das *passages* parisienses; e se conserva, apesar de tudo, algum valor, não é por ter deixado a sua marca no gosto de uma época, mas talvez por ter posto em evidência o caráter essencialmente utópico da sensibilidade moderna.

Se a sensibilidade é a esfinge com a qual toda época histórica tem sempre de medir-se, então o enigma que o nosso tempo tem de resolver é aquele mesmo que encontrou pela primeira vez a sua formulação na Paris obscurecida

---

[28] *Joseph Roth* (1894-1939): romancista e jornalista austríaco proveniente da Galícia e autor de vários romances e livros de reportagens que espelham o processo de decadência do Império Austro-Húngaro, do mundo judeu do Leste Europeu e dos anos 1920 e 1930. De Joseph Roth podem-se ler em tradução para a língua portuguesa os seguintes romances e narrativas: *Hotel Savoy, A fuga sem fim, A marcha de Radetzky, O busto do imperador, A cripta dos capuchinhos, A lenda do santo bebedor* e *Jó*.

[29] A *Viagem através da inflação alemã* é um conjunto de 14 fragmentos de Walter Benjamin, incluídos no livro *Einbahnstraße* (*Rua de mão única* [1928]) com o título "Panorama imperial. Viagem através da inflação alemã".

pela Primeira Guerra Mundial, na Alemanha da grande inflação ou na Praga da queda do Império Austro-Húngaro. Isso não significa de modo nenhum que desde então não se tenham produzido obras de valor, na filosofia como na literatura, mas tão somente que elas não contêm o inventário dos novos sentimentos epocais. Quando não se limitavam a revisitar as atmosferas do passado ou a registrar pacientemente ínfimas variações, a sua grandeza reduzia-se precisamente ao gesto sóbrio com o qual os estados de alma eram decididamente postos de lado. O recenseamento das *Stimmungen*, a escuta e a transcrição dessa silenciosa música da alma, tinham chegado ao fim de uma vez por todas por volta de 1930.

Uma das explicações possíveis desse fenômeno (insatisfatória como todas as explicações) é a de que, entretanto, aquilo que a princípio foram experiências-limite de uma *elite* intelectual deu lugar a experiências de massas: nos cumes mais inacessíveis do pensamento, onde o nada afivela a sua máscara inexpressiva, o filósofo e o poeta encontrar-se-iam agora em companhia de uma interminável massa planetária. E uma *Stimmung* de massas deixa de ser uma música que se pode ouvir, transforma-se em ruído.

Mais decisiva é a constatação da vertiginosa perda de autoridade da biografia individual e da existência privada: tal como já não acreditamos em atmosferas, nem nenhum homem inteligente desejaria hoje deixar a sua marca no mobiliário de uma casa ou num estilo de vestuário, assim também não esperamos já muito dos sentimentos que mobíliam a nossa alma. A capacidade de inversão dialética que estava implícita na angústia e no desespero, o τρώσας ἰάσεται e a promessa de cura, que ainda em Heidegger são os guardiões da extrema esperança da época, perderam o seu prestígio. Não que não seja ainda possível experimentar a polaridade dialética da angústia; e também, se quisermos, poderemos experimentar o poder catártico dos estados de alma. Mas ninguém pensaria em servir-se de uma experiência – e muito menos de uma experiência desse tipo – para reivindicar qualquer autoridade.

A nossa sensibilidade, os nossos sentimentos, já não nos prometem nada: sobrevivem ao nosso lado, faustosos e inúteis como animais domésticos de apartamento. E a coragem – perante a qual o niilismo imperfeito do nosso tempo não cessa de bater em retirada – consistiria precisamente em reconhecer que já não temos estados de alma, que somos os primeiros seres humanos não afinados por uma *Stimmung*, os primeiros seres humanos, por assim dizer, absolutamente não musicais: somos sem *Stimmung*, ou seja, sem vocação. Não é uma condição alegre, como alguns desgraçados nos querem fazer crer, nem sequer é uma condição, se por condição entendermos necessariamente, e ainda, um destino e uma certa disposição; mas é a nossa situação, o *sítio* desolado onde nos encontramos, absolutamente abandonados por toda vocação e por todo destino, expostos como nunca antes.

E se os estados de alma são na história dos indivíduos aquilo que as épocas são na história da humanidade, então aquilo que se anuncia na luz de chumbo da nossa apatia é o céu, jamais visto, de uma situação absolutamente não epocal da história humana. O desvelamento da linguagem e do ser em termos apenas epocais, que os deixam sempre não ditos em toda a abertura histórica e em todo o destino, está talvez chegando ao fim. A alma humana perdeu a sua música – e por música entende-se aqui a marca na alma da inacessibilidade destinal da origem. Privados de época, esgotados e sem destino, chegamos ao limiar feliz do nosso habitar não musical no tempo. A nossa palavra regressou verdadeiramente ao princípio.

Von der alten Fischfrau

Hoch der Feuerwehr mann

Vom lustigen Hanswurst

Emma und die Osterhasen –

Vom Hans Jacob –

Ideia da felicidade

a Ginevra

Em todas as vidas existe qualquer coisa de não vivido, do mesmo modo que em toda palavra há qualquer coisa que fica por exprimir. O caráter é a obscura força que se assume como guardiã dessa vida intocada: vela atentamente por aquilo que nunca foi e, sem que o queiras, inscreve no teu rosto a marca disso. Por essa razão, a criança recém-nascida parece já ter semelhanças com o adulto: de fato, não há nada de igual entre esses dois rostos, a não ser, num como no outro, aquilo que não foi vivido.

A comédia do caráter: no momento em que a morte arranca das suas mãos o que estas tenazmente escondem, aquilo de que se apodera é apenas uma máscara. Nesse momento, o caráter desaparece: no rosto do morto já não há marcas do que não foi vivido, as rugas gravadas pelo caráter alisam-se. Assim se brinca com a morte: ela não tem nem olhos nem mãos para o tesouro do caráter. Esse tesouro – aquilo que nunca foi – é recolhido pela ideia da felicidade. Ela é o bem que a humanidade recebe das mãos do caráter.

Ideia da infância

Nas águas doces do México vive uma espécie de salamandra albina que há muito tempo atraiu a atenção dos zoólogos e dos estudiosos da evolução animal. Quem tenha tido a oportunidade de observar um espécime em aquário fica surpreendido com o aspecto infantil, quase fetal, desse anfíbio: a cabeça relativamente grande e enterrada no corpo, a pele opalescente, com uma leve mancha de cinzento no focinho e azulada e rosada nas excrescências febris à volta das guelras, as delicadas patas com dedos em forma de flor-de-lis.

A princípio, o axolotl foi classificado como uma espécie própria, com a particularidade de manter durante toda a vida características tipicamente lavares para um anfíbio, tais como a respiração branquial e a permanência exclusiva na água. Tinha, aliás, sido provado sem discussão possível que se tratava de uma espécie autônoma, pelo fato de o axolotl, apesar do seu aspecto infantil, ser perfeitamente capaz de se reproduzir. Só mais tarde uma série de experiências permitiu pôr em evidência que, depois de receber hormônios tireóideos, o pequeno tritão passava pela metamorfose habitual nos anfíbios: perdia as brânquias e, desenvolvendo a respiração pulmonar, abandonava a vida aquática para se transformar num exemplar adulto de salamandra mosqueada (*Ambystoma tigrinum*). Essa circunstância pode levar a classificar o axolotl como um caso de regressão evolutiva, uma espécie de derrota na luta pela vida, que obriga um batráquio a renunciar à parte terrestre da sua existência e a prolongar indefinidamente a sua vida larvar. Mas, desde há algum tempo, esse infantilismo obstinado (pedomorfose ou neotênia) forneceu as chaves para se entender de modo novo a evolução humana.

A evolução do homem não se teria dado a partir de indivíduos adultos, mas sim das crias de um primata que, como o axolotl, teria adquirido prematuramente a capacidade de se reproduzir. Isso explicaria aquelas particularidades morfológicas do homem que, da posição do furo occipital à forma da concha da orelha, da pele glabra à estrutura das mãos e dos pés, não correspondem às dos antropoides adultos, mas às dos seus fetos. Particularidades que nos primatas são transitórias, mas que se tornaram definitivas no homem, realizando, de certo modo em carne e osso, o tipo do eterno rapazinho. Mas essa hipótese permite sobretudo uma aproximação nova à linguagem e a toda aquela esfera da tradição exossomática que, mais do que qualquer código genético, caracteriza o *Homo sapiens*, e que a ciência ainda não foi capaz de compreender.

Tentemos agora imaginar uma criança que não se limitasse, como o axolotl, a fixar-se no seu estado larvar e nas suas formas incompletas, mas que fosse, por assim dizer, de tal modo abandonada à sua própria infância, tão pouco especializada e de tal modo onipotente que se afastasse de qualquer destino específico e de todo meio ambiente determinado, para se limitar unicamente à sua própria imaturidade e ignorância. Os animais rejeitam as possibilidades somáticas que não estão inscritas no seu gérmen: no fundo, contrariamente ao que se poderia pensar, não dão qualquer atenção ao que é mortal (o *soma* é, em cada indivíduo, aquilo que é sempre destinado à morte) e cultivam unicamente as possibilidades infinitamente repetíveis fixadas no código genético. Só dão atenção à Lei, àquilo que está escrito.

A criança neotênica, pelo contrário, estaria em condições de poder dar atenção precisamente àquilo que não está escrito, a possibilidades somáticas arbitrárias e não codificadas: na sua infantil onipotência, ela seria tomada de estupefação e ficaria fora de si, não, como os outros seres vivos, numa aventura e num ambiente específicos, mas, pela primeira vez, num *mundo*: ela estaria, verdadeiramente, à escuta do ser. E como a sua voz está ainda livre de toda prescrição genética, não tendo absolutamente nada para dizer ou exprimir, ela seria o único animal da sua espécie que, como Adão, seria capaz de *nomear* as coisas na sua língua. No nome, o homem liga-se à infância, para sempre amarrado a uma abertura que transcende todo destino específico e toda vocação genética.

Mas essa abertura, essa atordoante paragem no ser, não é um evento que, de algum modo, lhe diga respeito, nem sequer é mesmo um evento, qualquer coisa suscetível de ser registrada endossomaticamente e armazenada numa memória genética, mas, antes, qualquer coisa que terá de permanecer absolutamente exterior, que não lhe diz respeito e que, como tal, só pode ser confiada ao esquecimento, isto é, a uma memória exossomática e a uma tradição. Para essa criança, trata-se de não se recordar verdadeiramente de nada, de nada que lhe tenha acontecido ou se tenha manifestado, mas que, no entanto, enquanto nada, antecipa toda a presença e toda a memória. Por isso, antes de transmitir qualquer saber ou qualquer tradição, o homem tem necessariamente de transmitir a sua própria distração, a sua própria não latência indeterminada, pois só nela se tornou possível qualquer coisa como uma tradição histórica concreta. O mesmo se poderia dizer através da constatação, aparentemente trivial, de que o homem, antes de transmitir seja o que for, tem de transmitir a linguagem (é por isso que um adulto não pode aprender a falar: foram as crianças, e não os adultos, as primeiras a aceder à linguagem; e, malgrado os quarenta milênios da espécie do *Homo sapiens*, aquilo que constitui precisamente a mais humana das suas características – a aprendizagem da linguagem – permaneceu estreitamente ligado a uma condição infantil e a uma exterioridade: quem acredita num destino específico não pode, verdadeiramente, falar).

A cultura e a espiritualidade genuínas são aquelas que não esquecem essa originária vocação infantil da linguagem humana, enquanto uma cultura degradada se caracteriza por tentar imitar um gérmen natural para transmitir valores imortais e codificados, pelos quais a não latência neotênica se volta a fechar numa tradição específica. Na verdade, se há alguma coisa que distinga a tradição humana do gérmen, é o fato de ela querer salvar não apenas aquilo que pode ser salvo (as características essenciais da espécie), mas também aquilo que nunca poderá ser salvo, que está, assim, perdido para sempre, ou melhor, nunca foi possuído como uma propriedade específica, mas que, precisamente por esta razão, é inesquecível: o ser, a não latência do *soma* infantil, ao qual apenas o mundo, apenas a linguagem, estão adaptados. Aquilo que a ideia e a essência querem salvar é o fenômeno, o irrepetível que já foi, e a intenção mais própria do *logos* não é a conservação da espécie, mas a ressurreição da carne.

Em qualquer parte dentro de nós o distraído rapazinho neotênico continua o seu jogo real. E é esse seu jogo que nos dá tempo, que mantém aberta para nós essa não latência inultrapassável que os povos e as línguas da terra, cada um a seu modo, se preocupam em conservar e diferir – e em conservar apenas na medida em que a diferem. As diversas nações e as muitas línguas históricas são as falsas vocações com as quais o homem tenta responder à sua insuportável ausência de voz; ou, se quisermos, as tentativas, fatalmente condenadas ao fracasso, de tornar apreensível o inapreensível, de tornar adulta a eterna criança. Só no dia em que essa originária não latência infantil fosse verdadeiramente, vertiginosamente, assumida como tal, em que se recuperasse o tempo e o menino Aion fosse distraído do seu jogo, os homens poderiam construir uma história e uma língua universais, já não diferíveis, e pôr fim à sua errância nas tradições. Esse autêntico apelo da humanidade em relação ao *soma* infantil tem um nome: o pensamento, ou seja, a política.

Ideia do juízo final

a Elsa Morante

As almas dos homens chegam de toda parte ao tribunal, mas o banco dos réus já está todo ocupado. São convidadas a sentar-se no banco dos jurados, ou sentam-se, ruidosamente, em grupos, entre o público. Quando uma sineta anuncia a entrada dos juízes, o culpado, que, entretanto, enfiou sorrateiramente a borla e a toga, sobe precipitadamente para a cadeira do juiz. Mas, assim que declara aberta a audiência, deita fora a toga e desce até o banco da acusação pública e depois até o da defesa. Nos intervalos da sessão volta a sentar-se, com a alma a sangrar, no banco dos réus.

Enquanto Deus se ocupa assim desse julgamento de si próprio, e no qual assume de seguida todos os papéis, os homens, consternados, abandonam pouco a pouco a sala em silêncio.

O juízo final não é um juízo *na* linguagem e, como tal, não pode nunca ser decisivo: de fato, está permanentemente sendo adiado (daqui a ideia de que o juízo final só virá no fim dos tempos). Ele é, antes, um juízo *sobre* a própria linguagem, que, na linguagem, elimina a linguagem da linguagem.

O poder da linguagem deve voltar-se para a linguagem. O olho deve ver o seu ponto cego. A prisão deve encarcerar-se a si própria. Só assim os prisioneiros poderão sair.

Nalgum lugar, na sala já decrépita, onde as cadeiras criaram bolor, as velas se derreteram, formaram-se nos cantos gigantescas teias de aranha, continua o processo de Deus contra si próprio.

E, no entanto, trata-se apenas de uma gravura colorida num livro infantil com o título *Li siette palomielle*.[30]

---

[30] *Li siette palomielle*: "As sete pombinhas", conto de Giambattista Basile (1575-1632) incluído no livro, escrito em dialeto napolitano e sob o pseudônimo de Gian Alesio Abbattutis, *Lo cunto de li cunti*.

III

Ideia do pensamento

a Jacques Derrida

I

As aspas gozam desde há algum tempo de uma preferência especial entre os sinais de pontuação. A extensão do seu uso para lá do *signum citationis*, naquela prática, tão generalizada hoje em dia, de pôr uma palavra entre aspas, sugere que essa preferência deve ter razões que são tudo menos superficiais.

Que significa, de fato, pôr uma palavra entre aspas? Através das aspas, quem escreve toma as suas distâncias em relação à linguagem: elas indicam que determinado termo não é tomado na acepção que lhe é própria, que o seu sentido foi modificado (citado, chamado para fora do seu campo habitual), sem, no entanto, ser completamente excluído da sua tradição semântica. Não se pode ou não se quer simplesmente usar o velho termo, mas também não se quer encontrar um novo. O termo colocado entre aspas é deixado em suspenso na sua história, é pesado – ou seja, pelo menos de forma elementar, pensado.

Nos últimos tempos, a universidade elaborou uma teoria geral da citação para uso próprio. Convém recordar a quem julgue que pode manipular, com a habitual irresponsabilidade acadêmica, essa prática arriscada, extrapolando-a da obra de um filósofo, que a palavra entre aspas só espera pela primeira oportunidade de se vingar. E nenhuma vingança é mais sutil e mais irônica que a sua. Quem alguma vez colocou uma palavra entre aspas nunca mais se livrará dela: suspensa a meio caminho no seu lance significante, ela torna-se insubstituível – ou melhor, já não é possível separarmo-nos dela. A invasão das aspas trai também o mal-estar do nosso tempo em face da linguagem: elas representam os muros – finos, mas intransponíveis – da prisão que é para nós a palavra. No círculo que as aspas fecham à volta de um vocábulo ficou encerrado também o falante.

Mas se as aspas são, para a linguagem, uma chamada para comparecer perante o tribunal do pensamento, o processo assim intentado não pode ser definitivamente adiado. Todo ato de pensamento acabado, para o ser – ou seja, para poder referir-se a qualquer coisa que está fora do pensamento –, deve dissolver-se inteiramente na linguagem: uma humanidade que só soubesse exprimir-se entre aspas seria uma humanidade infeliz que, à força de pensar, teria perdido a capacidade de levar um pensamento até ao fim.

Por isso, o processo intentado contra a linguagem só pode dar-se por concluído com a supressão das aspas. Mesmo no caso de o veredito final ser uma condenação à morte. Nesse caso, as aspas apertam o pescoço da palavra em questão até a sufocarem. No momento em que ela parece esvaziar-se de toda significação e soltar o último suspiro, os pequenos carrascos, pacificados mas inquietos, regressam àquela vírgula de onde nasceram e que, segundo Isidoro de Sevilha, assinala o ritmo da respiração na enunciação do sentido.

II

No lugar onde caiu uma voz, onde faltou o sopro da respiração, um minúsculo sinal está suspenso, em cima. Sem outro suporte além desse, hesitante, o pensamento aventura-se.

Ideia do nome

Para quem medita sobre o inefável, é útil observar que a linguagem pode perfeitamente nomear aquilo de que não pode falar. Por saber isso, a filosofia antiga distinguia cuidadosamente o plano do nome (*onoma*) do plano do discurso (*logos*) e considerava a descoberta dessa distinção suficientemente importante para atribuí-la a Platão. Na verdade, a descoberta era mais antiga: tinha sido Antístenes o primeiro a afirmar que das substâncias simples e primeiras não pode haver logos, mas apenas nome. Segundo essa concepção, é indizível não aquilo que de modo nenhum está atestado na linguagem, mas sim aquilo que, na linguagem, apenas pode ser nomeado; o dizível, pelo contrário, é aquilo de que se pode falar num discurso definitório, ainda que, eventualmente, não tenha nome próprio. A distinção entre dizível e indizível passa, pois, pelo interior da linguagem, que aquela divide como uma crista afiada entre duas vertentes a pique.

Sobre essa fratura da linguagem se funda o saber antigo que, com o nome de mística, impede que se possam confundir o plano dos nomes e o das proposições. É certo que o nome entra nas proposições, mas aquilo que elas *dizem* não é aquilo que o nome *invocou*. Os dicionários e o trabalho incansável da ciência bem podem atribuir uma definição a cada nome: aquilo que desse modo se diz é sempre dito graças à pressuposição do nome. Toda a linguagem assenta, de fato, sobre um único nome, em si impossível de proferir: o nome de Deus. Contido em todas as proposições, em cada uma delas ele permanece necessariamente não dito.

Outra é a atitude da filosofia. Ela partilha com a mística o desafio em relação a uma adequação demasiado precipitada entre os dois planos, sem perder a esperança de fazer justiça àquilo que o nome invocou. É por isso que o pensamento não para no limiar do nome, e não conhece, para lá dele, outros nomes mais secretos: no nome, ele persegue a ideia. Porque, como acontece na lenda judaica do golem, o nome com o qual se invocou o informe para lhe dar vida é o da verdade. E, quando a primeira letra desse nome foi apagada na fronte desse inquietante *famulus*, o pensamento continuou a fixar o olhar sobre esse rosto, sobre o qual agora está escrito o nome "morte", até que também ele, por sua vez, seja apagado. A fronte muda, ilegível, é agora a sua única lição, o seu único texto.

Zum Erzählen und zu Vorwandten: ~~auch zu helfen~~

Man kann den Bourgeois nicht vom Proletariat erzählen

Es gibt kein Cerumen mehr. Bei Nikisch hörten die Cerumen eines großen Volks. ~~Cerum~~ konnte auch der bourgeois eines Tages hier an
                 fin Cerumen — Satz
Kommen über sich werden. Es kann eben nicht zum Proletariat werden. — Der Laffen bey Victor Hugo.

Rufen der Weisenhäuser — Pilger von „Oberon Lust"

Eine macht der Durchgangs Gerüch nach Filichor: hegiont
in dieser Reihe auch Joyce? Entfernter Bezüchig zu Lorenzen
und selbst zum „Zauberberg".

Ideia do enigma

a Philipp Ingold

I

A essência do enigma está no fato de a promessa de mistério que ele gera ser sempre necessariamente gorada, uma vez que a solução consiste precisamente em mostrar que o enigma não era mais que aparência. O fato de essa expectativa, que hoje sabemos ser vã, constituir nas origens o *pathos* do enigma é atestado, entre outras coisas, pelas histórias relativas à morte dos sábios e profetas antigos, que, quando não encontravam a solução dos enigmas que lhes eram propostos, morriam literalmente de medo. Mas o verdadeiro ensinamento do enigma só começa para além da solução e da desilusão que ele parece inevitavelmente trazer consigo. De fato, nada é mais desesperante do que a constatação de que não há enigma, mas tão somente a sua aparência. O que significa, na realidade, que o fato enigmático se refere apenas à linguagem e à sua ambiguidade, e não àquilo que nessa linguagem é visado, e que, em si, não só é absolutamente desprovido de mistério, como também não tem nada a ver com a linguagem que deveria dar-lhe expressão, mas se mantém a uma distância infinita.

Que o enigma não exista, que o próprio enigma não consiga captar o ser, a um tempo perfeitamente manifesto e absolutamente indizível: esse é agora o verdadeiro enigma, perante o qual a razão humana para, petrificada.

(É desse modo que Wittgenstein coloca o problema do enigma).

II

Temos medo sempre e apenas de uma coisa: da verdade. Ou mais precisamente, da representação que nos fazemos dela. De fato, o medo não é simplesmente uma falta de coragem em face de uma verdade que nos representamos de forma mais ou menos consciente: há outro medo que precede este, e que está já implicitamente presente no próprio fato de nós termos fabricado uma imagem da verdade e, de uma maneira ou de outra, termos-lhe sabido o nome e experimentado o pressentimento. É esse medo arcaico contido em toda a representação que tem no enigma a sua expressão e o seu antídoto.

Isso não significa que a verdade seja qualquer coisa de irrepresentável que nós nos apressamos a assimilar às nossas representações. Pelo contrário, a verdade começa apenas no instante a seguir ao momento em que reconhecemos a verdade ou a falsidade de uma representação (na representação, ela só pode ter uma de duas formas: ou "Afinal era mesmo assim!" ou então "Estava enganado!"). Por isso, é importante que a representação pare um instante antes da verdade; por isso, só é verdadeira a representação que representa também a distância que a separa da verdade.

III

Conta-se que Platão, no fim da vida, convocou um dia os seus discípulos da Academia, anunciando que lhes iria falar do Bem. Como ele tinha o hábito de designar com esse termo o núcleo mais íntimo e mais obscuro da sua doutrina, que nunca tinha abordado de forma explícita, reinava entre todos aqueles que se tinham reunido na êxedra – entre eles Espeusipo, Xenócrates, Aristóteles e Filipe de Oponte – uma bem compreensível expectativa e mesmo certo nervosismo. Mas, quando o filósofo começou a falar e se tornou claro que o discurso se ocupava exclusivamente das questões matemáticas, dos números, das linhas, das superfícies, dos movimentos dos astros e que, por fim, se defendia a ideia de que o Bem era o Uno, os discípulos começaram por ficar espantados, depois trocaram olhares, abanaram a cabeça e, por fim, alguns abandonaram a sala em silêncio. Mesmo aqueles que ficaram até ao fim, como Aristóteles e Espeusipo, estavam embaraçados e não sabiam que coisa pensar.

Desse modo, Platão, que até aí tinha sempre avisado os seus discípulos para desconfiarem do tratamento temático dos problemas e que, nos seus escritos, tinha reservado um lugar de destaque às ficções e aos mitos, torna-se, por sua vez, aos olhos dos seus discípulos, um mito e um enigma.

IV

Depois de muita reflexão, um filósofo chegou à conclusão de que a única forma legítima de escrita seria aquela que imunizasse sempre os leitores contra a ilusão de verdade que podia suscitar. "Se chegássemos a saber", costumava ele repetir, "que Jesus ou Lao-Tsé tinham escrito um romance policial, isso parecer-nos-ia indecente. Do mesmo modo, um filósofo não pode defender uma tese nem emitir opiniões sobre um problema." Por isso decidiu ater-se àquelas formas simples que são o apólogo, a fábula, a lenda, que até o Sócrates moribundo não tinha desdenhado e que parecem sugerir ao leitor que não as leve muito a sério.

Outro filósofo, porém, fez-lhe ver que tal escolha era, na verdade, paradoxal, uma vez que fazia supor no autor uma tamanha intenção de ser sério que ele era obrigado a tomar as devidas precauções em relação à sua própria expressão. Se a intenção didática das fábulas antigas era, afinal, aceitável, era porque elas tinham sido repetidas, com variantes infinitas, ao longo dos séculos e porque a memória do seu autor se tinha perdido completamente. Mas de resto, continuava, a única intenção que escapava a toda possibilidade de erro era a absoluta ausência de qualquer intenção. E é precisamente essa ausência de intenção que os poetas exprimiam através da imagem da Musa, que lhes ditava as palavras, às quais eles se limitavam a dar voz. Mas para a filosofia isso não era possível: que sentido teria, na verdade, uma filosofia inspirada? A não ser que encontrasse qualquer coisa como uma Musa da filosofia, a não ser que fosse possível encontrar uma expressão que, como o canto dessa Musa muito antiga a que os tebanos chamavam Esfinge, se desintegrasse no próprio momento em que mostrava a sua verdade.

V

Imaginemos que todos os signos estavam preenchidos, que tinha sido redimida a culpa do homem na linguagem, satisfeitas todas as demandas possíveis e proferido tudo o que pudesse ser dito – o que seria então a vida dos homens sobre a Terra? "Os nossos problemas vitais", dizes tu, "nem sequer aflorados teriam sido."[31] Mas, supondo que tivéssemos ainda vontade de chorar ou de rir, por que coisa choraríamos ou riríamos, que coisa poderiam saber esse choro ou esse riso, se, enquanto nós éramos prisioneiros da linguagem, eles não eram, não podiam ser mais do que a experiência, triste ou alegre, tragédia ou comédia, dos seus limites, da insuficiência da linguagem? No lugar onde a linguagem fosse perfeitamente acabada, perfeitamente delimitada, começaria o outro riso, o outro pranto da humanidade.

---

[31] A citação vem do *Tractatus logico-philosophicus*, de Wittgenstein (proposição 6.52: "Sentimos que, mesmo quando todas as *possíveis* questões científicas tiverem obtido resposta, os nossos problemas vitais nem sequer terão sido aflorados...").

Ideia do silêncio

Numa recolha de fábulas dos fins da Antiguidade lê-se este apólogo:

"Os atenienses tinham por hábito chicotear a rigor todo candidato a filósofo, e, se ele suportasse pacientemente a flagelação, poderia então ser considerado filósofo. Um dia, um dos que se tinham submetido a essa prova exclamou, depois de ter suportado os golpes em silêncio: 'Agora já sou digno de ser considerado filósofo!' Mas responderam-lhe, e com razão: 'Tê-lo-ias sido, se tivesses ficado calado'."

A fábula ensina-nos que a filosofia tem certamente a ver com a experiência do silêncio, mas que o assumir dessa experiência não constitui de modo nenhum a identidade da filosofia. Ela está exposta no silêncio absolutamente sem identidade, suporta o sem-nome sem encontrar nisso um nome para si própria. O silêncio não é a sua palavra secreta – pelo contrário, a sua palavra cala perfeitamente o próprio silêncio.

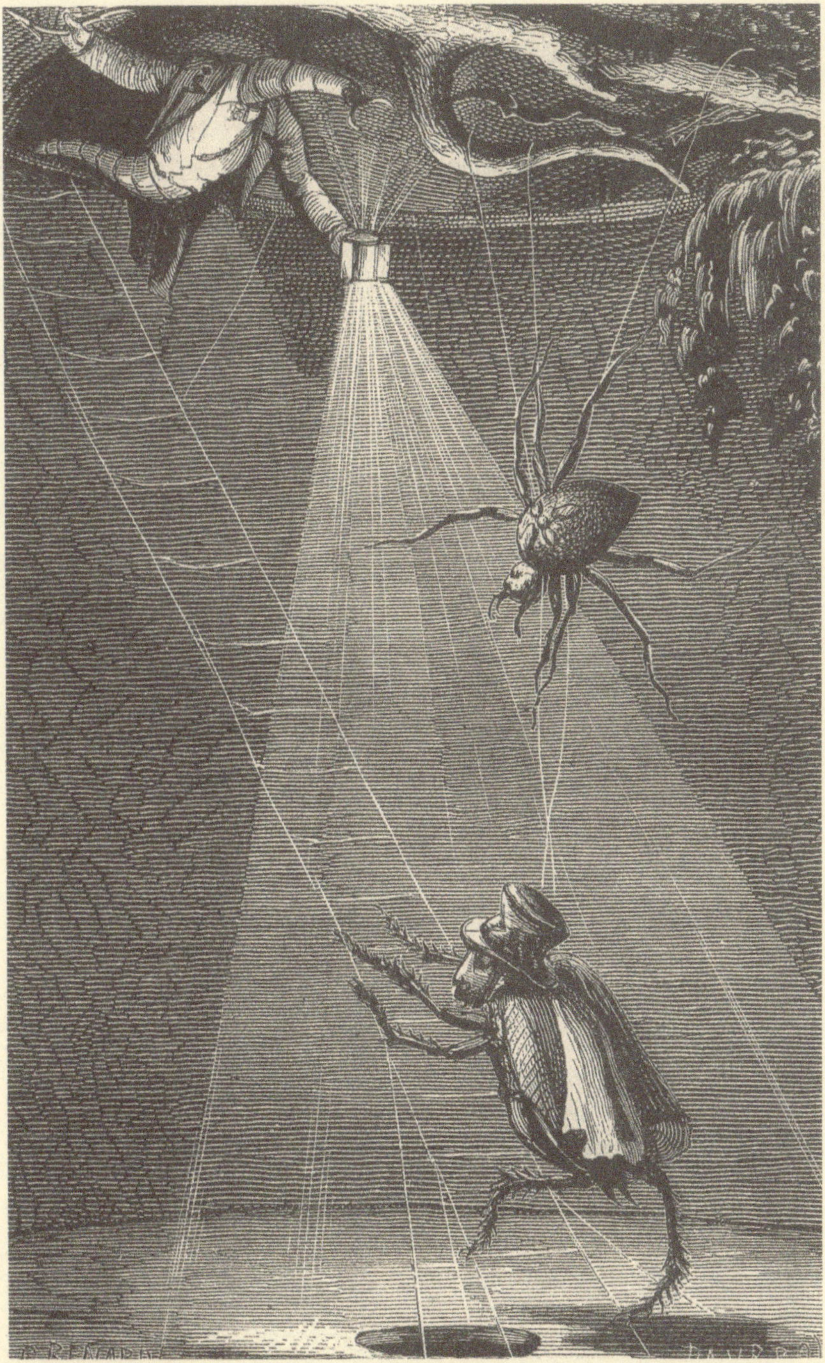

Ideia da linguagem I

I

Um belo rosto é talvez o único lugar onde há verdadeiramente silêncio. Enquanto o caráter deixa no rosto as marcas de palavras não ditas, de intenções não realizadas, enquanto a face do animal parece sempre estar a ponto de proferir palavras, a beleza humana abre o rosto ao silêncio. Mas o silêncio – que advém aqui – não é uma simples suspensão do discurso, mas silêncio da própria palavra, a palavra a tornar-se visível: a ideia da linguagem. Assim, o silêncio do rosto é a verdadeira morada do homem.

II

Só a palavra nos põe em contato com as coisas mudas. A natureza e os animais são desde logo prisioneiros de uma língua, falam e respondem a signos, mesmo quando se calam; só o homem consegue interromper, na palavra, a língua infinita da natureza e colocar-se por um instante diante das coisas mudas. A rosa informulada, a ideia da rosa, só existe para o homem.

Ideia da linguagem II

Ingeborg Bachmann in memoriam

A narrativa de Kafka *Na colônia penal* ilumina-se singularmente se compreendemos que o aparelho de tortura inventado pelo ex-comandante da colônia é, de fato, a linguagem. Mas, ao mesmo tempo, a história complica-se de uma forma considerável. Na lenda, a máquina é, de fato, antes do mais, instrumento para julgar e punir. Isso quer dizer que também a linguagem, nesta terra e para os homens, é um instrumento do mesmo tipo. O segredo da colônia penal seria então aquele mesmo que o personagem de um romance contemporâneo trai nos seguintes termos: "Vou confiar-lhe um segredo: a linguagem é que é o castigo. Todas as coisas têm de entrar nela e perecer nela na medida da sua culpa".

Mas, se se trata de expiar uma culpa (e o oficial não tem quaisquer dúvidas a este respeito: "a culpa é sempre certa"), em que consiste o sentido da punição? Também quanto a isso as explicações do oficial não deixam dúvida: consiste naquilo que se passa por volta da sexta hora.

Passadas seis horas a partir do momento em que as agulhas começaram a gravar na carne do condenado o parágrafo por ele violado, ele começa a decifrar o texto: "Como o homem fica calmo à sexta hora! Até o mais estúpido ganha entendimento. Tudo começa à volta dos olhos. Depois começa a alastrar. Um espetáculo que provoca a tentação de nos colocarmos também debaixo das agulhas. Não acontece mais nada, o homem começa simplesmente a decifrar a inscrição, afunilando a boca, como se estivesse à escuta. Como viu, não é fácil decifrar essa escrita com os olhos; mas o nosso homem decifra-a com as suas feridas. Mas dá muito trabalho: ele precisa de seis horas para chegar ao fim. Mas nessa altura as agulhas trespassam-no totalmente e lançam-no na fossa, onde ele cai sem ruído sobre o algodão e a água ensanguentada".

Aquilo que o condenado, em silêncio, compreende finalmente, na sua última hora, é o sentido da linguagem. Os homens, poder-se-ia dizer, vivem a sua existência de seres falantes sem entenderem o sentido da linguagem; mas para cada um deles trata-se de uma sexta hora na qual até o mais estúpido vê a razão abrir-se. Naturalmente, não se trata da compreensão de um sentido lógico, que também poderia ser lido com os olhos; trata-se de um sentido mais profundo, que não pode ser decifrado a não ser através das feridas, e que só é atribuível à linguagem enquanto punição (é por isso que o domínio da lógica é o do juízo: de fato, o juízo lógico é uma sentença, uma *condenação*). Compreender esse sentido e medir a culpa própria é um trabalho difícil; e só depois de concluído esse trabalho se pode dizer que foi feita justiça.

No entanto, essa interpretação não esgota o sentido da lenda. Pelo contrário, ele se revela apenas no momento em que o oficial – quando percebe que o viajante não se deixa convencer – liberta o condenado e toma o seu lugar na máquina. Nesse episódio é decisivo o texto que lhe será gravado na carne. Ele não tem – como no caso do condenado – a forma de um mandamento preciso ("respeita os teus legítimos superiores"), consiste apenas na simples ordem: "Sê justo". Mas no momento em que a máquina tenta escrever essa ordem, ela desintegra-se e deixa de poder cumprir a sua função: "as agulhas já não escreviam, apenas espetavam... Aquilo não era suplício, era assassinato puro e simples". Por isso não é possível descobrir no fim no rosto do oficial nenhum sinal da redenção prometida: "aquilo que todos os outros tinham encontrado na máquina, o oficial não o encontrou".

Duas interpretações da lenda são possíveis a partir daqui. Segundo a primeira, o oficial teria efetivamente, na sua função de juiz, infringido o preceito "Sê justo", e tinha de pagar por isso. Mas também a máquina, cúmplice indispensável, terá de ser destruída. O fato de o oficial não ter podido encontrar na punição a redenção que os outros tinham julgado encontrar aí explica-se facilmente: ele conhecia antecipadamente o texto a gravar.

Mas outra leitura é igualmente possível. Segundo ela, o preceito "Sê justo" não se refere ao mandamento violado pelo oficial, mas seria antes a instrução destinada a destruir a máquina. E o oficial tem plena consciência disso, a partir do momento em que anuncia ao viajante: "'Chegou então a hora', disse por fim, olhando subitamente para o viajante com um olhar límpido, uma espécie de apelo, um qualquer convite à compreensão." Não restam então dúvidas: ele introduziu a ordem na máquina com a intenção de destruí-la.

O sentido último da linguagem – é o que parece dizer a máquina – *é o preceito "Sê justo"; e no entanto é precisamente o sentido desse preceito que a máquina da linguagem não está minimamente em condições de nos fazer compreender*. Ou antes: ela só pode fazê-lo renunciando à sua função penal, só pode fazê-lo desintegrando-se, assassinando em vez de punir. Desse modo, a justiça triunfa sobre a justiça, e a linguagem sobre a linguagem. E, então, torna-se perfeitamente compreensível que o oficial não tenha encontrado na máquina o que os outros nela encontravam: nesse momento já não havia para ele mais nada a compreender na linguagem. Por isso, a expressão do seu rosto ao morrer é a mesma de quando ele estava vivo: o olhar límpido e convencido, a fronte perfurada pela ponta de uma grande agulha de ferro.

Ideia da luz

Acendo a luz num quarto escuro; é um fato que o quarto iluminado já não é o quarto escuro, que perdi para sempre. E, no entanto, não será ainda o mesmo quarto? Não será o quarto escuro o único conteúdo do quarto iluminado? Aquilo que não posso ter, aquilo que, ao mesmo tempo, recua até ao infinito e me empurra para diante, não é mais que uma representação da linguagem, o escuro que pressupõe a luz; mas se renuncio a captar esse pressuposto, se volto a atenção para a própria luz, se a recebo – então aquilo que a luz me dá é o *mesmo* quarto, o escuro não hipotético. O único conteúdo da revelação é aquilo que é fechado em si, o que é velado – a luz é apenas a chegada do escuro a si próprio.

Ideia da aparência

Foi um comentador tardio de Aristóteles – Simplício da Sicília, professor na escola de Atenas poucos anos antes do seu encerramento, e depois exilado, com os últimos filósofos pagãos, na corte de Khosrô I – quem transmitiu à astronomia medieval (e através dela, à ciência moderna) a expressão "salvar as aparências" (τα φαινόμενα σῴξειν) como lema da ciência platônica. Se não do próprio Platão, a expressão vem, todavia, do ambiente da Academia, e talvez não seja por acaso que ela foi atribuída pela primeira vez a Heraclides do Ponto, candidato à sucessão de Espeusipo na direção da Academia: dele se conta que terá tentado falsificar a aparência da sua própria morte (substituindo o cadáver por uma serpente), sendo por isso, segundo o mesmo biógrafo, posto a ridículo com um acróstico por não ter reconhecido a natureza apócrifa de um manuscrito de Sófocles.

No seu comentário ao *De coelo* de Aristóteles, Simplício expõe nesses termos a tarefa que Platão teria atribuído aos astrônomos do seu tempo: "Platão admite, em princípio, que os corpos celestes se deslocam segundo um movimento circular, uniforme e constantemente regular. Coloca, assim, para os matemáticos o seguinte problema: quais são os movimentos circulares e perfeitamente regulares que convém tomar como hipótese, a fim de poder salvar as aparências no que se refere aos astros errantes?"

Sabemos como a astronomia grega, a partir de Eudoxo de Cnido, para responder a essa exigência – isto é, para salvar as aparências infinitamente complexas postas pelo movimento irregular dos astros que se chamavam, por isso, "errantes" (πλάνητες) –, foi obrigada a supor, para cada um deles, uma série de esferas concêntricas, cada uma animada de um movimento uniforme cuja combinação com o movimento das outras resultava no movimento aparente do planeta. O aspecto decisivo aqui é o do estatuto atribuído às hipóteses: para Platão, elas não deveriam de modo nenhum ser consideradas como princípios verdadeiros, mas precisamente como hipóteses, cujo sentido se esgotava com a salvação dos fenômenos. Como escreve Proclo, na sua polêmica com aqueles que tomam as hipóteses por princípios não hipotéticos: "essas hipóteses foram concebidas para descobrir os movimentos dos astros – que, em verdade, não diferem da sua aparência (ὥσπερ καὶ φαίνεται) –, ou seja, para tornar inteligível a medida desses movimentos". Assim, quando Newton inscreve o seu *Hypotheses non fingo* no limiar da ciência moderna, atribuindo a esta a tarefa de deduzir da experiência as causas *reais* dos fenômenos, a expressão "salvar as aparências" iniciou aquela lenta migração semântica que, exilando-a do âmbito da ciência, a levou a assumir o significado pejorativo que ainda tem no uso corrente.

Que coisa podia significar, na intenção platônica, τὰ φαινόμενα σῴζειν? Com que finalidade eram salvas as aparências? E salvas de quê?

A aparência errante tornou-se compreensível graças às hipóteses, ficou liberta de toda necessidade de explicação científica ulterior, de todo "por quê?" que a hipótese chamou a si. A hipótese, dando conta disso, mostra a errância da aparência como a aparência da errância. O que não significa que a hipótese seja verdadeira, que ela se possa substituir à aparência como um fundamento real em torno do qual devesse girar o conhecimento. A bela aparência, não explicável ulteriormente através de hipóteses, é assim entesourada, poupada, "salva" para uma outra compreensão, que a capta agora por ela e nela própria, *anipoteticamente*, no seu esplendor. Chega-se, é certo, então ainda a um elemento sensível (daqui o termo "ideia", que indica uma visão, um ἰδεῖν), mas não um elemento sensível *pressuposto* em relação à linguagem e ao conhecimento, antes *exposto* neles, de forma absoluta. A aparência que assenta, já não na hipótese, mas nela própria, a coisa já não separada da sua inteligibilidade, mas no cerne dela – é isso a ideia, a coisa mesma.

Ideia da glória

"Parecer": como é estranha a gramática deste verbo! Ele significa tanto *videtur* ("tem a aparência de, aparece-me como, podendo, assim, ser enganador") como *lucet* ("brilha, manifesta-se na sua evidência"); de um lado, uma latência que fica escondida na sua própria maneira de se dar a ver; de outro, uma visibilidade sem sombra, pura e absoluta. (Na *Vita Nuova*, construída inteiramente como uma fenomenologia, por assim dizer, da aparência, os dois sentidos surgem por vezes intencionalmente contrapostos: "julgava [*mi parea*] ver no meu quarto uma nuvem cor de fogo dentro da qual eu distinguia uma figura de um senhor de aspecto pavoroso para quem o olhasse; e ele aparecia-me [*pareami*], em si mesmo, tão cheio de alegria..." Com não menos ironia, Guinizelli[32] distingue-os, como se quisesse evidenciar melhor a confusão entre os dois: "mais que estrela Diana brilha e parece..." [*più che stella Diana splende e pare...*]).

---

[32] *Guinizelli*: Guido de Guinizelli (1230 ou 1240-1276), autor das *Rime*, que influenciaram decisivamente o gosto de Dante e seus contemporâneos.

Esses dois sentidos não são realmente separáveis, e não é fácil, em certos casos, decidirmos por um ou pelo outro: é como se todo o esplendor implicasse uma aparência, todo "parecer" um "aparecer".

No rosto humano, os olhos afetam-nos, não pela sua transparência expressiva, mas precisamente pelo contrário: pela sua obstinada resistência à expressão, a sua perturbação. E, se olhamos o outro nos olhos, vemos tão pouco esse outro que os seus olhos nos devolvem o nosso olhar, essa imagem miniaturizada que dá o seu nome à pupila.

Nesse sentido, o olhar é verdadeiramente "o fundo do homem" – mas esse depósito do humano, essa opacidade abissal, essa miséria do semblante (na qual tantas vezes o amante se perde e que o homem político é capaz de avaliar tão bem, para fazer disso um instrumento de poder), é o único sinal genuíno da espiritualidade.

A palavra latina *voltus* – de onde deriva o italiano "volto" (rosto, semblante) tem um único equivalente nas línguas indo-europeias, e um exato correspondente apenas no gótico *wulthus*. Na Bíblia de Úlfila, que nos transmitiu esse vocábulo, ele não serve, no entanto, para dar uma palavra que signifique "rosto" (já Cícero observava que o grego não possui um equivalente para essa palavra: "aquilo a que nós chamamos 'rosto'", escreve, "e que não pode existir em nenhum animal, mas apenas no homem, assinala o elemento moral: esse significado os gregos não o conhecem e, por isso, lhes falta também a palavra"), mas traduz o grego δόξα que significa a glória de Deus. No Antigo Testamento, a glória (*Kabod*) indica a divindade no momento em que ela se manifesta aos humanos ou, antes, a manifestação como um dos atributos essenciais de Deus (δόξα significa etimologicamente aparência, semblante). No Evangelho de S. João, aquele que crê em Cristo não precisa de sinais (σημεῖα, milagres), porque vê imediatamente a sua glória, o seu "rosto". Este está totalmente exposto na cruz, o último "sinal", no qual todos os outros sinais se consumam.

Olho alguém nos olhos: eles se abaixam (por pudor, um pudor que vem precisamente desse vazio atrás do olhar), ou, então, me olham também. E eles podem olhar-me despudoradamente, exibindo seu vazio como se por trás deles existisse outro olho abissal que conhece esse vazio e o usa como refúgio impenetrável; ou, então, com um despudor casto e sem reservas, permitindo que no vazio dos nossos olhares se instalem amor e palavra.

Nas fotografias pornográficas, é por um estratagema calculado que os sujeitos retratados por vezes se voltam para a objetiva, exigindo, assim, a consciência de estarem expostos aos olhares. Essa circunstância inesperada desmente com violência a ficção implícita no consumo de tais imagens, segundo a qual aquele que olha surpreende os atores sem ser visto: estes, desafiando conscientemente o seu olhar, obrigam o *voyeur* a olhá-lo nos olhos.

No breve instante que dura essa surpresa, nasce entre essas imagens sórdidas e aquele que as olha qualquer coisa como uma autêntica interrogação amorosa; o despudor confunde-se com a transparência e, por um instante, a sua aparição é apenas esplendor (mas só por um instante: é claro que aqui a intenção impede a perfeita transparência, já que os modelos sabem que estão a ser olhados, são pagos para o saber).

No momento em que a imagem refletida é inervada na retina e se torna propriamente visão, o olho é necessariamente cego. Ele organiza a visão à volta desse centro invisível – o que significa também que toda visão é organizada para que não vejamos essa cegueira. É como se toda a não latência contivesse, encastrada no seu centro, uma latência inapagável, como se toda a luminosidade aprisionasse uma íntima treva.

Esse ponto cego permanece para sempre escondido para o animal, que adere imediatamente à sua própria visão, que não pode trair a sua própria cegueira, fazer a experiência dela. A sua consciência desvanece-se, assim, no próprio ponto em que desperta: é pura voz (é por isso que o animal ignora as aparências; apenas o homem se interessa por imagens e conhece a aparência como aparência).

É agarrando-se com todas as suas forças a esse ponto cego que o homem se constitui como sujeito consciente. É como se tentasse desesperadamente ver a sua própria cegueira. Assim, para ele, em toda a visão se insinua um atraso, uma não contiguidade, uma memória entre sinal e resposta. Pela primeira vez, a aparência separa-se da coisa, o semblante do esplendor. Mas essa gota de trevas – esse atraso – remete para o fato de alguma coisa *ser*, é o próprio ser. Só para nós as coisas *são*, libertas das nossas necessidades e da nossa relação imediata com elas. Elas são simplesmente, maravilhosamente, inatingivelmente.

Mas que coisa pode significar a visão de uma cegueira? Eu quero apreender a minha obscuridade, aquilo que em mim permanece não expresso e não dito: mas essa é precisamente a minha própria não latência, o meu ser apenas rosto e aparência intransponível. Se eu pudesse verdadeiramente ver o ponto cego do meu olho, não veria nada (é esta a treva que, segundo os místicos, é a morada de Deus).

É por isso que o rosto se contrai numa expressão, se torna hirto num caráter e, desse modo, se ultrapassa e se aprofunda em si mesmo. O caráter é o esgar do rosto quando percebe que não tem nada para exprimir e bate desesperadamente em retirada em relação a si próprio, em busca da sua própria cegueira. Mas aquilo que aqui se poderia apreender não seria mais que uma não latência, uma pura visibilidade: apenas um rosto. E o rosto não transcende a face – é a exposição da face na sua nudez, vitória sobre o caráter: palavra.

E não nos foi dada a linguagem para libertarmos as coisas das suas imagens, para levar à aparência a própria aparência, para conduzi-la à glória?

Ideia da morte

O anjo da morte, que em certas lendas se chama Samael e do qual se conta que o próprio Moisés teve de o afrontar, é a linguagem. O anjo anuncia-nos a morte – e que outra coisa faz a linguagem? –, mas é precisamente esse anúncio que torna a morte tão difícil para nós. Desde tempos imemoriais, desde que tem história, a humanidade luta com o anjo para lhe arrancar o segredo que ele se limita a anunciar. Mas das suas mãos pueris apenas se pode arrancar aquele anúncio que, de resto, ele nos viera fazer. O anjo não tem culpa disso, e só quem compreende a inocência da linguagem entende também o verdadeiro sentido desse anúncio e pode, eventualmente, aprender a morrer.

Ideia do despertar

a Italo Calvino

I

Nagarjuna percorria em todas as direções o reino de Andhra, e em todos os lugares onde parava ensinava àqueles que queriam instruir-se a doutrina da vacuidade. Acontecia que por vezes se misturavam entre os discípulos e curiosos alguns adversários, e Nagarjuna tinha, então, embora contra a vontade, de refutar as suas objeções e deitar por terra os seus argumentos. Dessas discussões nos pátios perfumados dos templos ou no ruído dos mercados ficara-lhe certo amargor. O que o atormentava não eram, no entanto, os violentos reparos dos monges ortodoxos que lhe chamavam niilista e o acusavam de destruir as quatro verdades (o que ensinava, se fosse bem compreendido, não era mais que o sentido das quatro verdades). Tampouco o perturbavam as ironias dos solitários que, quais rinocerontes, cultivavam a iluminação só para si (não tinha sido, não era ele próprio ainda um tal rinoceronte?). Afligiam-no mais os argumentos daqueles lógicos que nem sequer se apresentavam como adversários e declaravam até professar a mesma doutrina. A diferença entre o seu ensinamento e o deles era tão sutil que ele próprio, por vezes, não conseguia ver onde estava. E, no entanto, não se podia imaginar nada de mais distante. Porque se tratava, de fato, da mesma doutrina da vacuidade, mas tratada adentro dos limites da representação. Eles serviam-se da produção condicionada e do princípio de razão para mostrar a vacuidade de todas as coisas, mas não chegavam àquele ponto onde esses princípios revelavam a sua própria vacuidade. Em suma, postulavam como princípio a ausência de todo princípio e, desse modo, ensinavam o conhecimento sem o seu despertar, a verdade sem a sua invenção.

Nos últimos tempos, essa doutrina imperfeita tinha penetrado também entre os seus discípulos. Nagarjuna ruminava estas ideias enquanto ia montado num burro em direção a Vidharba. O atalho estreito corria entre uma alta montanha cor-de-rosa e um prado a perder de vista, interrompido aqui e ali por pequenos lagos que espelhavam as nuvens. Até Candrakirti, o seu discípulo mais querido, tinha sido vítima daquele erro. Mas como se podia combatê-lo sem recorrer a uma representação? Com os joelhos enganchados sobre a sua parda montada, o olhar perdido entre as pedras e os musgos do atalho, Nagarjuna sentia nascer dentro de si o esboço das *Estâncias para o caminho do meio*:

"Aqueles que professam a verdade como uma doutrina, como uma representação da verdade. Estes outros tratam o vazio como uma coisa, representam a vacuidade da representação. Mas o conhecimento da vacuidade da representação não é, por sua vez, uma representação: é simplesmente o fim da representação... Tu queres usar o vazio como um refúgio contra a dor: mas como poderia a vacuidade proteger-te? Se o vazio não permanece esse mesmo vazio, se se lhe atribui o ser ou não ser, isso é que é o niilismo, isso e mais nada: apropriar-se do nada como de uma presa, como uma defesa contra a vacuidade. Mas o sábio está na dor sem encontrar nela nem alívio, nem razão: está na vacuidade da dor. Por isso, Candrakirti escreve: aquele para quem até a vacuidade é uma opinião, e o irrepresentável uma representação, aquele para quem o indizível é uma coisa sem nome – os Vitoriosos terão razão em declará-lo incurável. Ele é como aquele comprador demasiado ávido que, ao vendedor que lhe diz 'não te darei nenhuma mercadoria', responde 'dá-me ao menos a mercadoria chamada nenhuma'... Quem vê o absoluto não vê outra coisa senão a vacuidade do relativo. Mas é precisamente esta a prova mais difícil: se não entendes a natureza da vacuidade e continuas a fazer uma representação dela, então cais na heresia dos gramáticos e dos niilistas: és como o mago que foi mordido pela serpente que não soube apanhar. Se, pelo contrário, pacientemente, permaneceres na vacuidade da representação, se não te fazes nenhuma representação, então, ó bem-aventurado, atingirás aquilo a que chamamos o caminho do meio. O vazio relativo deixa de ser relativo em relação a um absoluto. A imagem vazia deixa de ser a imagem do nada. A palavra extrai a sua plenitude da sua própria vacuidade. O despertar é essa suspensão da representação. Aquele que desperta sabe apenas que sonhou, sabe apenas da vacuidade da sua representação, só conhece aquele que dorme. Mas o sonho que agora recorda não representa, não sonha nada."

II

"*Redeo de Perusio et de nocte profunda venio huc et est tempus hiemis slutosum et adeo frigidum, quod dondoli aquae frigidae congelatae fiunt ad extremitates tunicae et percutiunt super crura et sanguis emanat ex vulneribus talibus. Et totus in luto et frigore et glacie venio ad ostium, et postquam diu pulsavi et vocavi, venit frater et quaerit: Quis est? Ego respondeo: Frater Franciscus. Et ipse dicit: Vade, non est hora decens eundi; non intrabis. Et iterum insitenti respondeat: Vade; tu es unus simplex et idiota; admodo non venis nobis, nos sumus tot et tales, quod non indigemus te. Et ego iterum sto ad ostium et dico: Amore dei recolligatis me ista nocte. Et ille respondet: non faciam. Vade at loco cruciferorum et ibi pete. Dico tibi quod si patientiam habuero et non fuero motus, quod in hoc est vera laetitia et vera virtus et salus animae."*[33]

(S. Francisco não encontra refúgio no não reconhecimento, em caso algum a ausência de identidade pode constituir uma nova identidade. Ele insiste antes, repetindo: *sou eu, Francisco*, abri! Aqui, a representação não foi transcendida por outra representação superior, mas apenas através da sua exibição, do seu aprofundamento. Enquanto limiar, o nome insignificante – a subjetividade pura – faz parte do edifício da alegria.)

---

[33] Tradução do texto latino: "Venho de Perugia, chego aqui a meio da noite e é inverno, tudo enlameado e tanto frio. E gotas de água fria, gelada cobrem-me o hábito e fustigam-me as pernas de tal modo que sai sangue das feridas. E, cheio de lama e frio e gelo, chego ao portão, e depois de bater e chamar muito tempo vem um irmão e pergunta: Quem é? Eu respondo: O irmão Francisco! E ele diz: Vai-te! Com um tempo destes nenhum homem decente anda por esses caminhos. Não podes entrar. Eu insisto, e ele volta a responder: Vai-te! És um louco e um idiota! E gente dessa não entra no nosso convento. Somos que chegamos, não precisamos de ti. E eu continuo diante do portão e digo: Por amor de Deus, deixai-me ficar esta noite! E ele responde: Não faço uma coisa dessas. Vai ao acampamento dos soldados e pede asilo lá. Mas ainda te digo: se fosses paciente e não andasses por aí tão ativo, essa seria a verdadeira bem-aventurança e a verdadeira virtude e a salvação da alma".

walking   bounding

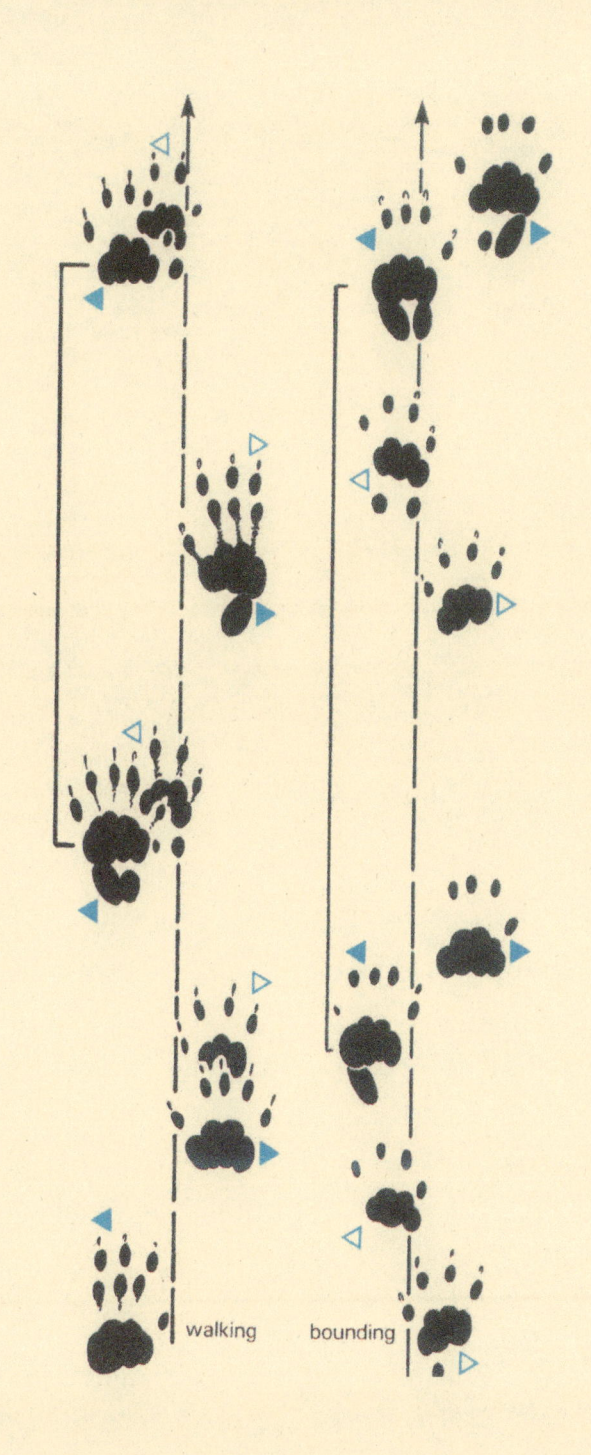

Limiar

Defesa de Kafka
contra os seus intérpretes

Sobre o inexplicável correm as mais diversas lendas. A mais engenhosa – encontrada pelos atuais guardiões do templo ao remexerem nas velhas tradições – explica que, sendo inexplicável, ele permanece como tal em todas as explicações que dele foram dadas e continuarão a sê-lo nos séculos vindouros. São precisamente essas explicações que constituem a melhor garantia da sua inexplicabilidade. O único conteúdo do inexplicável – e nisso está a sutileza da doutrina – consistiria na ordem (verdadeiramente inexplicável): "Explica!" Não podemos subtrair-nos a essa ordem, porque ela não pressupõe nada de explicável, ela própria é o seu único pressuposto. Seja o que for que se responda ou não responda a essa ordem – mesmo o silêncio – será de qualquer modo significativo, conterá de qualquer modo uma explicação.

Os nossos ilustres pais – os patriarcas –, não encontrando nada para explicar, procuraram no seu coração a maneira de explicar esse mistério, e não encontraram para o inexplicável nenhuma expressão mais adequada que a própria explicação. A única maneira de explicar que não há nada a explicar – esse o seu argumento – é dar explicações disso. Qualquer outra atitude – incluindo o silêncio – agarra o inexplicável com mãos demasiado desajeitadas: só as explicações o deixam intacto.

Entre os patriarcas, que foram os primeiros a formular esta doutrina, ela andava, porém, sempre a par com um codicilo que os atuais guardiões do templo deixaram cair. O codicilo deixava claro que as explicações não poderiam durar eternamente: um dia, a que eles chamavam o "dia da Glória", elas poriam fim às suas danças em volta do inexplicável.

De fato, as explicações não são mais que um momento na tradição do inexplicável: o momento que toma conta dele, deixando-o inexplicado. Privadas do seu conteúdo, as explicações esgotam assim a sua função. Mas no momento em que, mostrando a sua vacuidade, elas o abandonam, também o inexplicável vacila. Inexplicáveis eram, na verdade, apenas as explicações, e para as explicar, inventou-se aquela lenda. Aquilo que não podia ser explicado está perfeitamente contido naquilo que não explica mais nada.

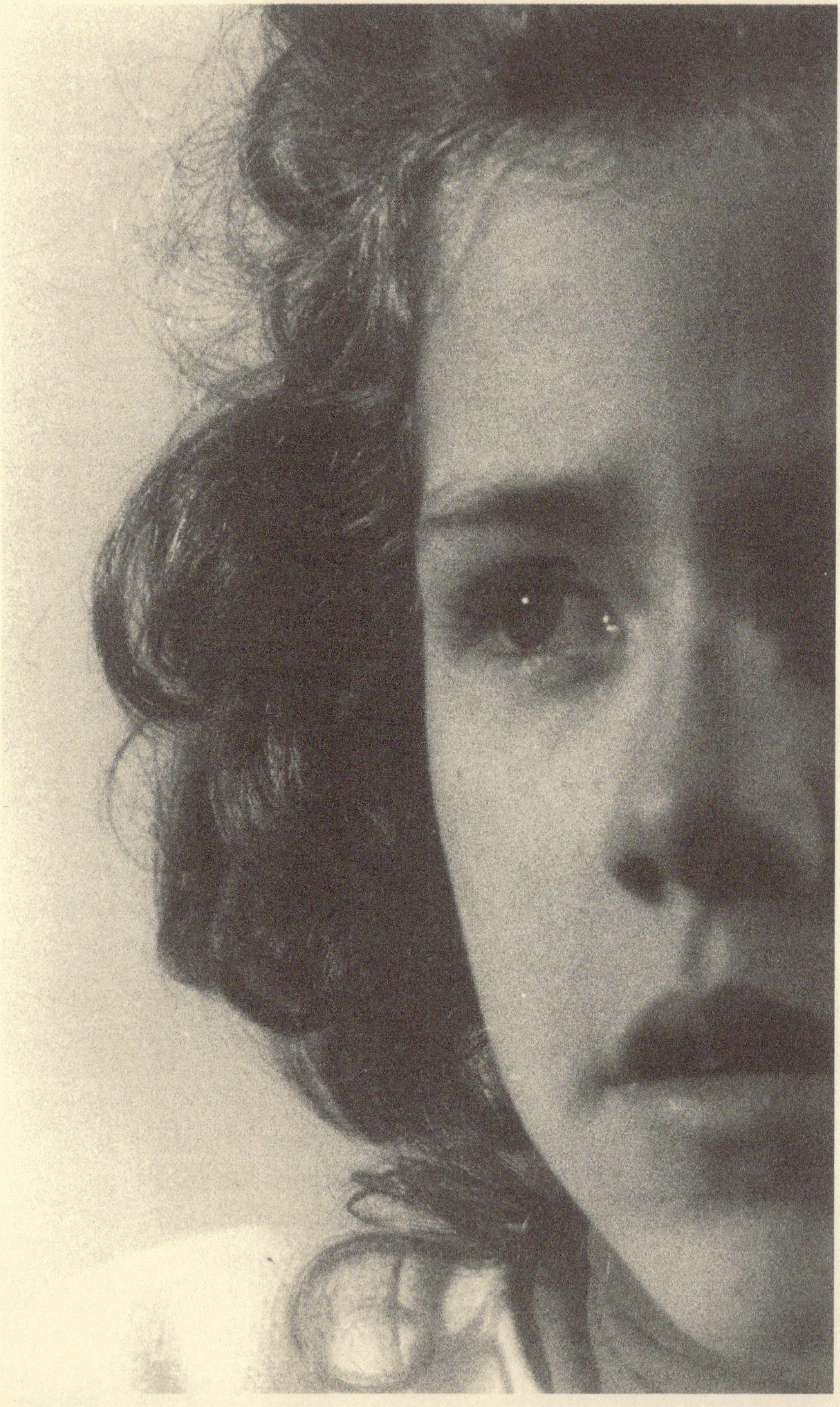

Coleção FILÔ

Gilson Iannini

A filosofia nasce de um gesto. Um gesto, em primeiro lugar, de afastamento em relação a certa figura do saber, a que os gregos denominavam *sophia*. Ela nasce, a cada vez, da recusa de um saber caracterizado por uma espécie de acesso privilegiado a uma verdade revelada, imediata, íntima, mas de todo modo destinada a alguns poucos. Contra esse tipo de apropriação e de privatização do saber e da verdade, opõe-se a *philia*: amizade, mas também, por extensão, amor, paixão, desejo. Em uma palavra: Filô.

Pois o filósofo é, antes de tudo, um *amante* do saber, e não propriamente um sábio. À sua espreita, o risco sempre iminente é justamente o de se esquecer daquele gesto. Quantas vezes essa *philia* se diluiu no tecnicismo de uma disciplina meramente acadêmica e, até certo ponto, inofensiva? Por isso, aquele gesto precisa ser refeito a cada vez que o pensamento se lança numa nova aventura, a cada novo lance de dados. Na verdade, cada filosofia precisa constantemente renovar, à sua maneira, o gesto de distanciamento de si chamado *philia*.

A coleção FILÔ aposta nessa filosofia inquieta, que interroga o presente e suas certezas, que sabe que as fronteiras da filosofia são muitas vezes permeáveis, quando não incertas. Pois a história da filosofia pode ser vista como a história da delimitação recíproca do domínio da racionalidade filosófica em relação a outros campos, como a poesia e a literatura, a prática política e os modos de subjetivação, a lógica e a ciência, as artes e as humanidades.

A coleção aposta também na publicação de autores e textos que se arriscam a pensar os desafios da atualidade. Isso porque é preciso manter a verve que anima o esforço de pensar filosoficamente o presente e seus desafios. Nesse sentido, a inauguração da série Agamben, dirigida por Cláudio Oliveira, é concretização desse projeto. Pois Agamben é o pensador que, na atualidade, melhor traduz em ato tais apostas.

Série FILÔ Agamben
Cláudio Oliveira

Embora tenha começado a publicar no início dos anos 1970, o pensamento de Giorgio Agamben já não se enquadra mais nas divisões que marcaram a filosofia do século XX. Nele encontramos tradições muito diversas que se mantiveram separadas no século passado, o que nos faz crer que seu pensamento seja uma das primeiras formulações filosóficas do século XXI. Heidegger, Benjamin, Aby Warburg, Foucault e tantos outros autores que definiram correntes diversas de pensamento durante o século XX são apenas elementos de uma rede intrincada de referências que o próprio Agamben vai construindo para montar seu próprio pensamento. Sua obra é contemporânea de autores (como Alain Badiou, Slavoj Žižek ou Peter Sloterdijk) que, como ele, tendo começado a publicar ainda no século passado, dão mostra, no entanto, de estarem mais interessados no que o pensamento tem a dizer neste início do século XXI, para além das diferenças, divisões e equívocos que marcaram o anterior.

Uma das primeiras impressões que a obra de Agamben nos provoca é uma clara sensibilidade para a questão da escrita filosófica. O caráter eminentemente poético de vários de seus livros e ensaios é constitutivo da questão, por ele colocada em seus primeiros livros (sobretudo em *Estâncias*, publicado no final da década de 1970), sobre a separação entre poesia e filosofia, que ele entende como um dos acontecimentos mais traumáticos do pensamento ocidental. Um filósofo amigo de poetas, Agamben tenta escrever uma filosofia amiga da poesia, o que deu o tom de suas principais obras até o início da década de 1990. A tetralogia *Homo Sacer*, que tem início com a publicação de *O poder soberano e a vida nua*, na Itália, em 1995, e que segue até hoje (após a publicação, até agora, de oito livros, divididos em quatro volumes), foi entendida por muitos como uma mudança de rota, em direção à discussão política. O que é um erro e uma incompreensão. Desde o primeiro livro, *O homem sem conteúdo*, a discussão com a arte em geral e com a literatura e a poesia em particular é sempre situada dentro de uma discussão que é política e na qual o que está em jogo, em última instância, é o destino do mundo ocidental e, agora também, planetário.

Aqui vale ressaltar que essa discussão política também demarca uma novidade em relação àquelas desenvolvidas nos séculos XIX e XX. Como seus contemporâneos, Agamben coloca o tema da política em novos termos, mesmo que para tanto tenha que fazer, inspirando-se no método de Foucault, uma verdadeira arqueologia de campos do saber até então não devidamente explorados, como a teologia e o direito. Esta é, aliás, outra marca forte do pensamento de Agamben: a multiplicidade de campos do saber que são acionados em seu pensamento. Direito, teologia, linguística, gramática histórica, antropologia, sociologia, ciência política, iconografia e psicanálise vêm se juntar à filosofia e à literatura, como às outras artes em geral, dentre elas o cinema, para dar conta de questões contemporâneas que o filósofo italiano entende encontrar em todos esses campos do saber.

Ao dar início a uma série dedicada a Agamben, a Autêntica Editora acredita estar contribuindo para tornar o público brasileiro contemporâneo dessas discussões, seguindo, nisso, o esforço de outras editoras nacionais que publicaram outras obras do filósofo italiano anteriormente. A extensão da obra de Agamben, no entanto, faz com que vários de seus livros permaneçam inéditos no Brasil. Mas, com seu esforço atual de publicar livros de vários períodos diferentes da obra de Giorgio Agamben, a Autêntica pretende diminuir essa lacuna e contribuir para que os estudos em torno dos trabalhos do filósofo se expandam no país, atingindo um público ampliado, interessado nas questões filosóficas contemporâneas.

Outros livros da FILŌ

FILŌ

A alma e as formas
Georg Lukács

A aventura da filosofia francesa no século XX
Alain Badiou

A ideologia e a utopia
Paul Ricœur

O primado da percepção e suas consequências filosóficas
Maurice Merleau-Ponty

Relatar a si mesmo
Crítica da violência ética
Judith Butler

A sabedoria trágica
Sobre o bom uso de Nietzsche
Michel Onfray

Se Parmênides
O tratado anônimo De Melisso Xenophane Gorgia
Barbara Cassin

A teoria dos incorporais no estoicismo antigo
Émile Bréhier

FILŌAGAMBEN

Bartleby, ou da contingência
Giorgio Agamben

A comunidade que vem
Giorgio Agamben

O homem sem conteúdo
Giorgio Agamben

Introdução a Giorgio Agamben
Uma arqueologia da potência
Edgardo Castro

Meios sem fim
Notas sobre a política
Giorgio Agamben

Nudez
Giorgio Agamben

A potência do pensamento
Ensaios e conferências
Giorgio Agamben

FILŌBATAILLE

O erotismo
Georges Bataille

A literatura e o mal
Georges Bataille

Teoria da religião
Georges Bataille

Parte maldita
Georges Bataille

FILŌBENJAMIN

O anjo da história
Walter Benjamin

Baudelaire e a modernidade
Walter Benjamin

Imagens de pensamento
Sobre o haxixe e outras drogas
Walter Benjamin

Origem do drama trágico alemão
Walter Benjamin

Rua de mão única
Infância berlinense: 1900
Walter Benjamin

FILŌESPINOSA

Breve tratado de Deus, do homem e do seu bem-estar
Espinosa

Ética
Espinosa

Princípios da filosofia cartesiana e Pensamentos metafísicos
Espinosa

A unidade do corpo e da mente
Afetos, ações e paixões em Espinosa
Chantal Jaquet

FILŌESTÉTICA

O belo autônomo
Textos clássicos de estética
Rodrigo Duarte (org.)

O descredenciamento filosófico da arte
Arthur C. Danto

Do sublime ao trágico
Friedrich Schiller

Íon
Platão

Pensar a imagem
Emmanuel Alloa (Org.)

FILŌMARGENS

O amor impiedoso
(ou: Sobre a crença)
Slavoj Žižek

Estilo e verdade em Jacques Lacan
Gilson Iannini

Introdução a Foucault
Edgardo Castro

Kafka
Por uma literatura menor
Gilles Deleuze, Félix Guattari

Lacan, o escrito, a imagem
Jacques Aubert, François Cheng, Jean-Claude Milner, François Regnault, Gérard Wajcman

O sofrimento de Deus
Inversões do Apocalipse
Boris Gunjević, Slavoj Žižek

ANTIFILŌ

A Razão
Pascal Quignard

Este livro foi composto com tipografia Bembo e impresso
em papel Off-White 90 g/m² na Formato.